Novelist
of
Creation

造物
小说家

哥舒意———

著

四川文艺出版社

图书在版编目（CIP）数据

造物小说家 / 哥舒意著. —— 成都：四川文艺出版
社, 2020.8
ISBN 978-7-5411-5728-8

Ⅰ. ①造… Ⅱ. ①哥… Ⅲ. ①短篇小说—小说集—中
国—当代 Ⅳ. ①I247.7

中国版本图书馆CIP数据核字(2020)第108317号

上海作协签约作品
上海文化发展基金会资助项目

ZAOWU XIAOSHUOJIA

造物小说家

哥舒意　著

出 品 人　张庆宁
责任编辑　徐　欢
封面设计　闰江文化
内文设计　史小燕
责任校对　段　敏
责任印制　崔　娜

出版发行　四川文艺出版社（成都市槐树街2号）
网　　址　www.scwys.com
电　　话　028-86259287（发行部）　028-86259303（编辑部）
传　　真　028-86259306

邮购地址　成都市槐树街2号四川文艺出版社邮购部　610031
排　　版　四川胜翔数码印务设计有限公司
印　　刷　成都勤德印务有限公司
成品尺寸　145mm×210mm　　　开　本　32开
印　　张　7.75　　　　　　　　字　数　170千
版　　次　2020年8月第一版　　印　次　2020年8月第一次
书　　号　ISBN 978-7-5411-5728-8
定　　价　48.00元

目录

爱你

我知道她在等我的到来，
而我的一生都在等待她。

1

　　我向她所在的方向走了过去，就像很多年前那样。医院白色的建筑，在夜里看起来像是一朵盛开的白花。我走过路边时，一个卖花的女孩对路过的人说："先生，你是去看望爱人的吗？送束花给她吧。"我不需要这个，我想，你也不需要，在我眼里，你就是世界上所有的花朵。我从花束边走了过去，一直走进了医院里。我的心平静而迫切。我知道她在等我的到来，而我的一生都在等待她。

　　我没有询问医生和护士，坐上电梯，穿过安静寒冷的走廊，来到尽头的房间。这是一间小小的单人病房，窗户开了一条缝隙，旁边挂着厚厚的窗帘。一名护士在床头检查药瓶。药瓶里的点滴和机器屏幕上的心电图有一样平缓的节奏。我在门口等了一会儿，等到护士走出了病房，等到周围再也没有一个人。我走到床边，低下头凝视着她，就像我第一次看见她时那样。过了几秒钟，也可能是过了几分钟或者更长的时间。

"是你来了吗？"

我没有说话，只是望着她。她的样子是那么苍老，和过去已经完全不一样了。我注视着她干瘪的嘴唇，眼角丛生的纹路，靠枕上杂乱枯涩的头发。她已经是个老年人了。

"我知道是你。"

她睁开了眼睛，看见我，露出微笑。

"你知道我快要死了，是吗？"她说，"所以你回来了。"

"是的，你快要死了。"我说，"所以我回来了。"

她看了我一会儿。

"你的样子看起来一点都没变，就跟我们最后一次见面一样，还是那样年轻。但是时间已经过去那么久了。"

然后她说出了我的名字。

"衣黑。"

在四十五年之后，我又听到了这个名字。这个世界上只有她会这么称呼我。因为这本来就是她给我起的名字，我唯一的名字。

她衰老的眼睛望着我。

"你还记得我们第一次见面么？"

"我记得，"我说，"关于你的一切我都记得。"

我看着眼前病床上的老妇人，仿佛看见了那个小时候哭鼻子的小女孩。

那个七岁的女孩穿着背后有蝴蝶结的裙子，爬到了公园的长椅上。一条瘦骨嶙峋的流浪狗冲她吠叫。她拼命往后缩，一边擦眼泪。

我挡在她和狗之间。

"不要害怕，不要哭。"我说，"它不会伤害你。它只是饿了。"

"我应该怎么做？"女孩抽泣着问。

"把你带的面包丢给它，丢远一点，这样它就会跑开了。"

女孩把面包丢到了喷泉的旁边，流浪狗叼走了面包。

"你是谁？我不认识你。"她擦干净脸上的眼泪，问，"妈妈说不要和陌生的叔叔说话。"

"她是对的。"

"可是我好像见过你。你看起来很熟悉的样子呀。"女孩说，"而且你刚才救了我。我不害怕你。"

"我没有做任何事，都是你自己做到的。"

第二天我们又在公园里遇见了那条流浪狗。她多带了一块面包，本来打算喂给它的。但是流浪狗已经死了。

我们看见那条瘦骨嶙峋的流浪狗死在了那张长椅的下面，舌头全都吐了出来。我的女孩朝我的身后躲了躲。狗死去的眼睛盯着我。

"它怎么了？为什么一动不动地躺在这里？"

"它死了。"

"它为什么会死呢？"

"可能是饿死的，可能是老死的。也可能是被人杀死的。"

"它很可怜。"我的女孩说。

那是个温暖的秋天，公园的草地上落满了一层橘黄色的树叶。女孩怀抱一捧又一捧的树叶，铺在流浪狗的身上，用枯叶把它埋了起来。

"你叫什么名字呀，叔叔？"

我想了一会儿。

"我没有名字。没有人叫过我的名字。"

"那我来给你起个名字吧。"她抬起亮晶晶的眼睛看着我，"叫你'衣黑'好不好？"

"衣黑？"我看着她的小脸问。

"因为你穿着黑色的衣服呀。以后我就叫你'衣黑'吧。"她看着我的眼睛说，"衣黑叔叔，我的名字叫白。"

3

她说了一小会儿话，有点喘不过气来了。我听见她像漏气的风箱那样喘气。机器屏幕上的心电图出现了一小段杂乱的波纹，仿佛钢琴师无法控制的颤音。我看了看心电图，没有说话。

"现在我也快要死了，衣黑。"她说，"还记得那时我叫你衣黑叔叔么？你喜欢我那样叫你吗？"

"我不知道喜欢还是不喜欢，因为以前没有人这样叫过我。"

"那你把我当孩子看吗？那个时候？"

"你一直是我的女孩。"我说，"我没有别的亲人。"

她的脸上露出了欣慰和失望的表情，就像她十五岁那次一样。

那时我们认识了八年时间，她长个子，背唐诗，吃饭挑食，喜爱甜食，从一个洋娃娃一样的小姑娘，逐渐成为苗条敏感的女孩。我熟悉她生活里的一切，就好像那是我的生活。她会和我分享生活中任何事情，连和父母都不能说的秘密都会告诉我。她害怕做噩梦，以为那是真的会发生的事情。（我梦见衣黑叔叔把我扔在了垃圾堆里。我的猫抓伤了我的脸。妈妈再也不爱我了。）她一边哭一边把这些噩梦告诉我，然后忧心忡忡地说："你不会把我丢在垃圾堆里的是吧，你会把我捡回来的吧？"她第一次来月经时很镇静地对我说："我想我是哪里漏了。你不晕血吧，衣黑叔叔？"她讨厌班级里某个女生："我跟你说，我就跟讨厌木瓜一样讨厌她，但是你别告诉别人哦。"

我常常在夜晚降临后，坐在小区里的木椅上，一只黄眼珠的黑猫有时会蹲在我旁边，因为地上有她撒的猫粮。我不知道怎么跟黑猫打招呼，黑猫们从来不叫我衣黑叔叔。我也从来不吃地上的猫粮。我坐在这张椅子上，只是因为这里能看见白的窗户。她的窗户亮着灯。我知道她在写作业，听歌，看小说，画画。而有的时候，她会打开窗户，叫我名字。

"衣黑叔叔，你还在那里吗？"

从十五岁开始，她逐渐收到了情书。我见过他们中的几个，按白的说法是"愚蠢的中学男生"。但是第一次收到情书，她还是很慌乱的。她把那封信藏在枕头下面。在我看来那并不是藏东西的好地方。后来她就自然多了，哪怕在课桌抽屉里收到巧克力也只是耸耸肩而已。

"他们为什么要这么做？"白问。

"据说这是表达感情的一种方式。这些男孩喜欢你。"我说，"这些愚蠢、邋遢、粗鲁的男孩，想要获得你的爱。"

"你知道什么是爱吗，衣黑？"

我们走在放学的路上。那是一段河边的小路，周围没有别人，那些男孩也没有变态到试图跟踪她，尽管他们都很想送她回家。当白的父母不再接送她上学放学之后，我就变成了她的同行人。每一天她都比前一天更加美丽。

"我不知道。"我说，"那好像是一种很复杂的感情。"

"你有没有爱过别人？"

"没有。"我说。

我没有爱过别人。

她停下来，转头看着我，拿手比画了一下。

"我比以前高多了。我都到你肩膀了。"她有点得意地说，"现在我们站在一起，我再也不像是小孩子了吧？以前你的年纪看上去像我爸爸。我叫你叔叔的。"

"你叫我衣黑叔叔。"

"但是现在我长大了不是么？"

"在我眼里你并没有改变。"我说，"你还是那个被流浪狗吓哭的孩子。"

白生气了。她有两个星期没有理睬我。当她再次和我说话时，她告诉我她恋爱了，她选择了那个一直给她写情书的男孩，那个字写得最好看，看起来最不蠢的男孩。

这是她的初恋。两个学期后，他们分手了。

"我有些难过。"她说。

"我知道。"

"你有什么感受吗？"她问。

我犹豫了一会儿，低下了头。

"我没有什么感受。"

中学里她没有再谈恋爱。她仍然在成长。她变瘦了，身材越发苗条，圆乎乎的苹果脸也变尖了。到上大学时，她一抬头，就能撞到我的鼻子。不过她从来没有撞到过。她不是那种莽撞的女孩，她是又骄傲、又敏感的白。

她读的是艺术类专业。她有了第二段恋情。当她有了男友，我学会了避免更多地出现在她身边。我坐在空荡荡的操场上等待着她下自习，跑道上一个女生跑了一圈又一圈。后来这个跑步的女生也离开了操场。我就走到了她宿舍的楼下，等待寝室熄灯的时刻。

"晚安。"我听见她对他说。

"晚安。"我对着黑暗说。

4

"我以为你会一直陪伴我，就算我爱上了别人也是同样。"她说，"我没有想到你真的会离开。"

"我没有想过离开你。"我说。

"那时你感到难过吗？"

"我不知道。"我说。

"我以为你不会受情绪的影响，"她说，"我从来没有想过你会对我生气。就算我们有争执，你也会让着我，我从小就知道。但是我没有想到你真的会对我发火。"

"我没有生气。我只是觉得你不应该和那个男人在一起。"我说。

我不喜欢那个男人。从看见他第一眼开始，我就不喜欢他。不，应该说我从一开始就已经厌恶他。他浑身散发着让我反感的气味。我不知道是为什么。后来我注意到白在注视他。

那时白二十岁，刚过了一个有趣的生日，生日聚会上她的脸被朋友们糊满了奶油。

白是在一家画廊遇见他的。他看上去风度翩翩，谈吐文雅有趣。

他和白以前认识的男性有本质的不同，他比她大了十几岁。那时白已经快要大学毕业，去他的公司实习。因为住在同一个方向，他经常送她上下班，他们有很多共同的兴趣，交谈起来几乎总是难以察觉时间的流逝。他懂的比白要多很多，因为他经历过更多，因为他见识过更多。有一天，我看见白注视他的眼神。那是完全的，不计后果的，仰望的目光。

我退到黑暗中。他们开始约会。

白总是迫不及待想看见他。她像刚学会飞翔的小鸟那样扑进了明亮耀眼的光芒中。我无法开口，又无法沉默。我想阻止她，以前我从来没有这样过，这不是危险，但我觉得这比危险更险恶。这是我唯一一次真正想阻止她。我想要阻止她爱上对方。我想要阻止她去爱。

"我有不好的感觉。"有一天晚上，她约会回来后，我对她说，"我不希望你再去见他。"

"为什么？"她好奇地问，"以前你从来没有阻止我。"

"我觉得你们不适合。"

"你的意思是，他比我大十几岁？我不在乎年龄。就算他大我三十岁我也一样不在乎。"

"你应该知道他已经结婚，有个家庭。他有妻子和孩子。"

"你不要重复我已经知道的事。他结婚了，那又怎么样？"

"他不会离婚的。"我说，"你应该明白这一点。"

"你怎么知道他不会离婚？你又不是他！"她带着怒意说，"就算他不离婚又怎么样，我根本不在乎这些！"

我注意到白开始流泪。我沉默了一会儿。

"你应该离开他。"

"不。"

"我从来没有求过你什么。"我说，"我请求你离开他。"

白看了我一会儿，忽然笑了起来。

"我想要和他在一起，我想和他结婚。我爱他。你请求我？你凭什么？你是我什么人？"

我说不出话。我不是白的任何人。我不是她的父母，不是她现实中的朋友。我只是一直陪伴着她。

"离开他以后呢？我难道还是和你在一起？你会像个真正的人那样爱我吗？你知道什么是爱吗？"她说，"你连自己是什么都不知道。"

"我……"

"你为什么和我的父母不一样？你为什么和我身边的每个人都不一样？为什么他们都不知道你在这里？为什么他们都看不见你？你为什么一直跟在我身边？为什么只有我可以和你说话？为什么只有我知道你的存在？你快把我弄疯了。我的心里都是你在说话。我快要透不过气来了。你不要再，不要再对我说这些了！"

她用力捂住耳朵，无助地哭了起来。我默默地站在她身边，想要去帮她擦掉脸上的泪水，可是我的手指只是划过了它们。她说的对，我什么都做不到。

我和她不一样，我和她认识的所有人都不一样。不管我心里怎么想，我都无法和她在一起。我并不理解什么是爱。我并不懂得这种感情。我并不是她。我连我自己都不是。

我只是看着她哭泣。

"七岁以后，我们没有一天不是在一起的，我几乎无法想象没有你陪伴的日子，但是我们不能永远这样。没有人可以永远陪伴另一个人，也没有人能承受这种陪伴。"她说，"衣黑，我们最好分开一段时间。"

我没有说话，我不知道该说什么，我的心里空空荡荡的，我感觉自己只剩下了一副空空的躯壳。

那天晚上，我望着她房间里的灯熄灭，然后我低下头，思考她说的话。我的内心渐渐生起了异样的感受。全部的世界都好像在我眼前摇晃了起来。水滴落在了椅子上。这样的天气居然还有露水，真是一件奇怪的事，后来我才发觉那不是露水。我想到白的哭泣。我不理解她为什么哭，我也不理解我自己为什么会难过。但是白说的是对的，没有人可以承受这种陪伴。

天亮时我离开了长椅。

我离开了白。

我和她分离了。此后的四十多年时间里，我们再也没有见面。

5

"我和那个男人纠缠了五年时间，我最好的五年完全耗费在没有希望的事情里。"她说，"当时我并没有这样觉得。当时我觉得这是生命中最重要的事。我甚至连你的离开都没有在意。你走后我不习惯了一段时间，但同时又感到了自由。我把全部身心都投入到这段无望的感情里。那些年就跟坐过山车一样，过山车在某段时间爬到了顶点，然后就不停地往下滑去，一直往下滑去，像是要滑进地狱。"

衰老的白说。

"我没有办法离开他。我连我自己都要失去了。我没有了自己的生活。他想要我时，我就会不顾一切去他身边。他不想见我时，我每天都在以泪洗面。我谴责他，和他分手。我们分手了好几次，但我还是会回到他身边。他不会离婚，他只是喜欢我，却又不愿意和我在一起。后来他终于厌烦了。我也决定不再联系。我删除了他一切的消息，我从他所在的城市搬走了。我再也不愿意回到过去。这就是我们的结局。"

白看着我的眼睛。

"那些夜晚，我痛苦得快要死掉了。我真的要死了。我需要你在我身边，衣黑。我无数次地祈求你仍然在我身边，有时我以为你就站在我背后，我转过头，可是你不在那里。你哪里都不在。后来我想起来了，是我要和你分离的，是我赶走了你，一切都是我造成的。你走了，你从我身边离开了，你不再注视我，不再和我说话，你一切的痕迹都从我眼前消失了，就好像从来没有在我生命里出现过那样。我赶走了你。"

我摇了摇头。

"不，不是那样的。那时确实是到了一个分离的时刻。我本来可以不走的。不走是更容易的选择，就像孩子依恋母亲那样，是没有选择的选择。我从来没有想过我会离开你。我不知道那会怎么样。我想，既然你已经不需要我，我也应该尝试自己一个人活在这个世界，就跟所有活着的人一样，就跟所有孤独的人一样。那天夜里，我坐在小区花园的长椅上，注视着你窗口的灯光。灯光整夜没有熄灭。到了天明时，我做出了决定。"

"你走了。"

"是的，我走了。从离开你身边的那个时候开始，我就迷失了自己。我不知道自己为什么会存在这个世界上。我为什么要在这里，为什么要陪伴在你的身边。现在我要去找到这个答案。"

"你找到了吗？你为什么一次都没有回来找过我？你为什么什么音信都没有？"

"因为既然要分离，就要彻底地分离。分离需要的不是距离，而是宁静。

"离开你以后，我像是幽灵一样行走在街道上。从一个街道走到另一个街道，从一个人身边走到另一个人身边。我站在人群里，却像是站在没有人的行星。因为他们没有一个人能看见我，没有一个人知道我的存在。我看着他们大笑，悲伤，生气，喜悦，然而我只是从他们身边经过，像夜晚的风，像消散的声音。这里一切都和我没有关系。我去坟场里睡过一阵子，整夜坐在冰冷的墓碑上，我以为我是鬼魂，但是我没有看见过真正的魂灵，即便在满是死亡的坟地里也没有它们的影子。我觉得我并不是它们，因为我从来没有死过。我知道死亡意味着离开，它能带来悲伤的眼泪，它让人们觉得畏惧和痛苦。但是它同时结束了这种痛苦。如果分离是一种痛苦的话，那么我愿意用死亡来结束它。"

"那时我的心里也满是死亡。"白说，"有一段时间我一直在考虑自杀。我想过许多自杀的方式。我非常痛苦，但是没有人能理解这种苦难。"

我能够理解。因为那也是我的痛苦。

"如果你在的话，你会阻止我。我不知道你在哪里。我拿起了刀片，但在最后的时刻，我想到了你。我忽然大哭起来，有生以来从来没有这么伤心过。我觉得那样难过，我快死了，却没有看见你。不，我不要这样。我要像你在我身边时那样，就算现在只有我在这里，我也要活下去。于是我放下了刀片。我的精神几乎已经崩溃，我的身体已经垮了。我住进了医院。"

"我也想过死的方式。"我说，"有一天，我拿起了刀片，端详了一会儿。旁边传来了嗤笑的声音。'你这样是死不了的。'那个声音嘲笑说。这样，我遇到了第一个能够看见我的人。"

"他是谁？"

"我的朋友，我的导师。活在黑暗中的东西。"我说，"准确地说，他不是人类。他是一个吸血鬼。"

6

"你这样是死不了的。"他说。

那个嘲笑我的人，坐在另一块墓碑上。他戴着眼镜，看起来像个营养不良的摇滚歌手，或者诗人，或者吉卜赛人，或者流浪汉。那块墓碑属于他的朋友，一个五十年前死掉的男人。

"你能看见我？"我说，"你是谁？"

"和你一样想死又死不了的人。"他说，"我们一定都很厌恶自己。"

我叫他眼镜。他的年龄比我大很多。也许在他眼里，我就跟刚学会走路的小屁孩没两样，也像个小屁孩一样麻烦。因为我总是会询问他一些问题。比方说他从哪里来，他经历过什么，有没有别的吸血鬼，幽灵和鬼魂是否存在，黑夜世界的运行法则，以及，我们为什么会来到这个世界。

"无知才能活得更久。"他告诫说，"无知才更快乐。"

尽管这么说，他还是把他知道的都告诉了我，以一种很不耐烦的方式。多是在他喝酒喝得酩酊大醉之后，他靠着墓碑，享受着墓园里清新的微风和冷清的月光，吐露他所经历的一切。他从来没有说过自己是如何变成一个吸血鬼的，只是说，他过去有一些同类的朋友，但那些朋友一个接一个地消失，谁也不知道他们去了哪里，可能精神病院里躺着一两个。他的初恋是一个人类女孩，一个瘦弱的，同样戴眼镜的女孩。但是她转学走了，从此再也没有见过面，可能现在也已经躺进了坟墓了。他也爱过男孩。那个男孩比古希腊的神话英雄还要勇敢，用一根削尖的木棒，刺进了他的胸口。（你看伤口在这里。）他后来也爱过别人，但是他动过感情的人后来都死了，生病，老死，战乱。两次世界大战杀死了所有他认识的人，战后他彻底成了一个嬉皮士。毒品和免疫系统缺陷症弄坏了他的身体。但这不是最致命的，最致命的是，他渐渐发现自己再也没有感情。

"甚至体会不到孤独。"他说，"体会不到孤独，就体会不到自身的存在。就像没有活着一样。"

他的身体比身患绝症的人还要脆弱。牙齿都坏了，甚至无法再吸食鲜血，他像老鼠一样从医院的血库里盗取冷冻血袋。后来他衰弱得连老鼠都做不成了。他得了严重的厌血症，一闻到血腥味就会不停呕吐。他的身体以肉眼可见的速度坏死下去。

"我们是什么？"我问他，"我们和人类有什么区别？"

"我们是人类的不同表现形式。"

"我是什么？"我说，"为什么我想要一直陪伴着那个女孩？为什么我一直能感受到她？"

眼镜哈哈大笑起来。

"去问你的同类吧。去学会爱吧。"他说，"现在你可以离开我了。"

那天晚上他离开了那座墓园，天亮以后我再也找不到他了。在以后的几十年时间里，我也没有能再遇见他。我总觉得他还活着，在某个地下酒吧，唱着颓废的歌，吟诵古老的诗，像喝血那样喝酒，像喝酒那样喝血。

这是我遇到的第二次分离。从这时开始，我觉得我可以一个人活下去了。因为活着而痛苦的人，并不只有我一个。

7

"我也一个人生活了很久。"白说，"我说过我住进了医院。在医院里我遇到了一个男人。他和你不一样，也和那个男人不一样。他很温和，他是个医生。"

"我喜欢医生。"我说，"我见过他们在医院里忙碌的样子。我对这个职业有种好感。"

"你不在身边的时候，他代替了一部分的你。他是心脏科的医生，但是他始终在听我说话。我把不能告诉别人的秘密都告诉了他。但我没有告诉他你的事情，这是我最后的秘密，我谁都不会告诉。有一天，当我停止说话的时候，他握住了我的手，说他爱我。我接受了他。半年后，我和他结婚了。"

"那是很好的事。"我说，"我祝你幸福。"

"这是我第一次结婚。"她说，"两年后我离婚了。我们没有生孩子。"

"因为什么？"

"因为我意识到这样对他不公平，我并不爱他。我只是需要他。后来他也逐渐意识到了这点。他是个医生，即便在那样的情况下，也能冷静客观地分析我们的婚姻。我们尝试对谈，但对谈偏离了方向。这场婚姻对我很重要，但它是个错误。如果一开始我就遇到他，我的人生也许会幸福很多。我们离婚了，后来还是朋友，后来他和另一个女医生结婚了，于是彻底退出了我的生活。"

"我很遗憾。"我轻轻说。

"我又经历了几段感情。有的让我很快乐，有的让我感到一些痛苦。我好像一直在寻找什么，但是我一直不知道。直到有一天晚上，我忽然明白过来我为什么会这样了，为什么我会一直觉得自己是残缺不全的，为什么我一直觉得我不是完整的。"

她看着我。

"因为你，衣黑。因为你离开了。"她说，"你带走了我的一部分。你就是我的一部分。"

我们沉默了一会儿。

"后来我开始试图找回我失去的那一部分。三十岁时，我开始创作。"她说，"我成了一个画家，没有名气的那种。因为我所画的，永远只有一个人，一个穿黑衣服的男人。我所有的画，都在画他。他就是你的形象。"

"我看见了你的画。"我说，"有一家画廊展出了你的作品，我看见了你的画，有人告诉我画上的人和我很像。我看见了你的名字。"

"你为什么没有来找我？我应该就在画廊里。你那时还没有原谅我吗？"

"不是的，那时我和同伴在一起。"

"同伴？"

"她是我的同类。"我想了想，说，"我想，她应该算是我的伴侣。"

8

我遇到了和我一样的人。我遇到了我人生中第一个可以交流的人，除了你以外。

她是个中年女人，看起来有四十岁，也可能是三十岁。她的面貌在她心情愉快的时候会显得更年轻。我们在一起说话时，我们在夜晚漫步时，我们在电影院看爱情电影时，她总是很高兴，轻轻唱着从电影里听到的歌曲。但是更多时候她总是沉默不语，可能是常年一个人养成的习惯。我相对来说好很多，因为之前一直有你和我说话。我的沉默症是在离开你以后形成的，你的医生也许会认为它是抑郁。但对我们来说，这只是沉默症。在漫长的沉默里，我开始学会自言自语，对我遇到的一张报纸，一片树叶，风中卷走的一个塑料袋说话，我在同自己说话。我遇到她的时候，我正在对着电影海报自言自语。我像个精神病人一样对一切东西自言自语。

"你看起来好傻啊。你为什么不吻她呢？你知道这样她会离开你吗？"

有人在旁边轻轻咳嗽了一声。我转过头，看见她微笑着看着我。

"你应该知道，这是一张电影海报吧？"她说。

"我没有看过这个电影。"我说。

"我们去看电影吧。"她说，"这样我们就知道到底是男主角傻，还是你更傻了。"

于是我们去看了第一场电影。

是我更傻。

这是我们看的第一场电影。后来我们看了很多场别的电影。后来我们不只是看电影，我们去博物馆，去话剧厅，去歌剧院，去芭蕾舞中心，去艺术展。我们在没有人的影院里看黑白时代的默片，坐在星空的穹顶下看星辰的变迁。在黎明到来前的，空空荡荡的街道上漫步。她穿着灰色的长裙，灰色的裙裾在大雾的天气里，和雾气融为了一体。她牵着我的手穿越迷雾，走入熙熙攘攘的人群，走入一个个白天和一片又一片深沉的夜色。

和她在一起时，我的心情平静，犹如回到了离开很久的家。我们可以一直交谈，因为除了对方以外，再也没人可以听见自己的声音。我们也可以很久不说一句话，但却一直停留在对方身边。这大概是因为我们是同类，虽然我们一直回避了这个问题。

有一个晚上，我们走进一个深夜场的电影厅，蓝色的镭射光打在灰白色的宽幕上。一部谈不上剧情的爱情电影。女演员的轮廓有些像她。整个放映厅，除了我们以外，只有后排的一对少年情侣。他们并没有在欣赏电影，只是在亲热而已，像很多青春期的少男少女一样，他们总会在没有人的影院里疯狂做爱。我已经习惯了这种场面，但是她却一直看着他们，带着无法言喻的表情。她忽然抓紧了我的手。我感觉到异样，向后看去，发现那少年刚刚割开了年轻女孩的喉咙。他狂热而贪婪的目光，一直望着挣扎的少女变成了冰冷的尸体。

血浸到了我们脚下。他把刀丢到了地上。这时我的同伴走到了他身边，俯身对他说了句什么，那少年犹豫了一下，将刀捡了起来，然后跑出了电影院。

"刚才我告诉他，不要把杀人凶器丢在现场。"她说，"五条街以外有条运河，可以把刀扔进河里。"

"你为什么要这么做？"我问。

她没有说话，就这么看着我。我忽然明白过来，忽然明白过来为什么她要保护他。

"我陪伴着他。"她说，"无论他是怎样的人，无论他对我怎样，无论他做了什么，我都不会离开他。对我来说，他就是我全部的世界。"

"我知道。"

"有趣的是，我能看见他，我全心全意地陪伴着他。他却完全看不见我，他完全意识不到我的存在。"她的泪水盈出了眼睛，"我从他出生时就在他身边了，可是他什么都不知道。"

"可是他能听见你，不是么？"

"他以为那是他内心的声音。他以为那是他的直觉。"

我们沉默了一会儿，电影放起了片尾曲。后排的尸体像我们一样沉默。在警笛声响起前我们离开了那里，走到五条街以外的，静谧的河岸。河水在月夜里像黑暗的丝绸那样流淌。

"我和你的情况有些不一样。"我说，"我陪伴的人可以看见我。她可以和我说话，我连名字都是她取的。她第一次看见我时，是七岁。"

"你很幸运。"我的同类说，"你不知道自己有多么幸运。这等于就是爱了。而不只是你在暗恋一个人。"

"我不理解这个词。"我说，"我一直在试图理解这个词的含义。"

"她给你起了什么？你的名字？"

"衣黑。"

"我连名字都没有。"

"如果你想要名字，我可以给你起一个。"我说，"我可以叫你灰裙。因为你的长裙是灰色的。"

"……你是多么的傻啊，衣黑，"她叹了口气，"这是不一样的。"

9

那个少年名字叫杰克，开膛手杰克的杰克，为了有所区别，后来人们叫他"割喉咙的杰克"。我们看见的是他的第一次谋杀。也许灰裙早有预感，因为作为陪在他身边的人，她一定早就感觉到他的异常。他对破坏的热衷，他对绝望的狂热，他对生命的漠然。他唯一激情的时刻，就是割开受害者喉咙的一刻。但在日常生活里，他是个乖巧而平凡的年轻人。在第一次谋杀后，他平静了几年，长成了大人，成为一个普通的上班族。我想普通的办公室工作一定无法满足他。我和灰裙都在等待着他再次成为杰克的那个时刻。

在一个雨夜，他穿着雨衣走上街头，完成了第二次谋杀。这次死的是一个下夜班的女工。雨水冲刷掉了一切证据，我们站在凶杀现场，看着警察们徒劳无功地忙碌。过了半年，他割开了第三名受害者的喉咙。他成了连环杀手。人们是如此惧怕他，以至于一年四季，所有人都戴着厚厚的围巾。

有两次警察差一点抓住了他，但是灰裙提前通知了他。他几乎和赶到的警察擦肩而过。我目睹了所有一切，但是我没有做任何事。他们不知道我，他们听不见我。

只有一次，杰克尾随一个苗条的女孩时，我没有像以往那样袖手旁观。那一瞬间，我以为我看见了白，但是她不是。我的白不在这个城市，我已经离开了白很远了，时间也过去了那么久。这个女孩不是白，她既无法看见我，也无法听见我，她只是孤单地走在没有人的街道上。

我挡在了她和杰克之间。杰克迟疑了，停下了脚步。女孩走到了有行人和路灯的地方，走远了。

"你为什么要救她？"灰裙说，"你以前从来没有这样做过。"

"其他人都没有关系。"我说，"但是这个女孩不行。我不希望她受到伤害。"

"就是她吗？"灰裙子问。

"不是她，只是有点像而已。"我说。

"我明白了，所以你想救她。你在保护她。不，应该这么说，你在保护你心中的影子。"

她停了一会儿，问了我一个问题。

"为了保护你陪伴的人，你杀过人没有？"

我没有回答。

我们路过了一家画廊，画廊正在举行某个青年艺术家的画展。她突然停了下来，对我说："这个画上的人，很像你。"

我不知道自己长什么样的。我一直没见过自己真正的样子。我站在那张油画前，看见画里是一个穿着黑色衣服的男人。所有的画都是这个黑衣男人，他的样子我形容不出来。我觉得他的脸有些模糊，有些陌生。他看起来不年轻，也不苍老。他看起来就像个，随时会擦肩而过的普通男人。

我看见画家的签名。我看见白的名字。

"你怎么了？"灰裙问。

"没什么。"我说，"我们走吧。"

10

我是在离开白的第八年遇到那个男人的。我以为自己已经忘记了他的长相，但是看见他的时候，我知道这就是他。他比以前显得更加成熟，富有魅力。我尾随他来到了他的家。他的家在郊区，是一幢温馨的别墅。他有两个孩子，一个男孩，一个女孩。他的妻子是他的大学同学。他没有离婚。他仍然生活在这个温暖的家里。我明白伤害已经造成，他伤害了我的白。我离开了我一直陪伴的人，我以为自己一生都会陪伴的人。而现在，我再次遇见了他。

早上和家人告别后，他离开了家。他开着一辆黑色奔驰车，车前窗吊着一个毛绒小熊。那头咖啡色的小熊在车开上路以后，像荡秋千一样晃来晃去。我坐在副驾驶座上，一直看着那头小熊。他在我旁边专心开着车，音响里播放着爵士乐《多么美好的世界》。

"我对你没有任何感情，我既不同情你，也没有对你怀着刻骨的仇恨。我甚至不知道你的名字。"我对他说，"但是你伤害了她。具体的我已经不知道了，因为我已经离开了她，不再陪伴在她身边。可是即便是这样，我仍然可以感受到她的心情，她的绝望和恐惧。你伤害了她。"

他听不见，他哼着歌，像所有生活富足的中年男人一样。小熊的后面挂着他全家的合影，看起来每个人都很幸福。

"她以前也伤害过别人。她初恋的男孩也让她哭泣过，但他们互相伤害了，所以他们付出了同等的代价，得到同等的东西。"我说，"而你不一样。我无比厌恶你。我比厌恶这世上所有丑恶的东西还要厌恶你。希望你们的神灵能够宽恕你所做的事。我能不能得到宽恕无所谓。我根本不在乎。这是我必须要做的事。"

十分钟后，奔驰车撞上了高架的水泥墩，起火燃烧。

他死在了驾驶座上。

我坐在病床边，走了一会儿神。

"后来呢？"我衰老的爱人问，"我好像记得那个连环杀手，有一段时间，所有的报纸都在报道他，他们叫他'割喉咙的杰克'。但是他们没有提到那个叫灰裙的女人，他们后来怎么样了？"

"割喉咙的杰克"最后还是被抓到了。被抓到的原因并不是因为他在杀人后没有跑掉，而是因为走在路上时忘记带身份证件，警察拦住了他。他刺伤了一名警察，随后被围堵在一个小巷。他双腿都被子弹打中了，被人们拖了出来。就算是灰裙也无能为力，无法再帮他。漫长的审讯，多达十八起凶杀案，十九个人被割开了喉咙（有个晚上他一口气割开了一对姐妹的喉咙），案件卷宗堆满了一个仓库。他被判了十个终身监禁和九个死刑裁决。

在杰克坐牢期间，我和灰裙一直陪着他。执行死刑是在某个星期天，杰克拒绝了最后的晚餐，空腹坐上了电椅。他没有什么表情，没有任何畏惧，没有哭泣。这台电椅是黑色的，犯人们叫它"黑色的王座"。它看起来有点像是老式理发店里那种陈旧的靠椅，我想起白十岁时去理发店，因为剪坏了头发而哭泣的事。

"我们大概要分开了，我的朋友。"灰裙说。

"接下来会发生什么？"

"另一段旅程吧，我想。"

她把头靠在我肩膀上。我们一起等待最后时刻的到来。

零点零一分，电椅开始通电。通向死亡的道路开启了。我看见杰克的身体剧烈地抽搐，头顶的海绵冒出青烟。就在这时，他忽然睁大了眼睛，望着灰裙。我想他是看见了她。在生命的最后一刻，他们终于互相看见了彼此。

两分钟后，杰克断了气。我转过头，发现灰裙不再靠着我的肩膀。

她再也不在这里了。

"我想她是离开了。因为她再也没有必要留在杰克身边。"我说，"所以也没有必要和我待在一起了。"

"你怎么看待她？"

"我失去了一个朋友，她是我的同类。我们共同度过了很长一段时间，后来我想，如果我没有遇到她，也许我会活得无比空虚。从她那里，我学会了怎么去生活，可是从杰克杀人的那个晚上开始，我和她都明白，我们迟早会面临分别那一天。灰裙对杰克的感情，是根深蒂固的，与生俱来，没有希望。但是即便是这样，她仍然会陪伴着杰克。这不是她能选择的。我是从她这里理解了你当初的感受。我因为她而理解了你。"

白笑了一会儿，忽然捂住了脸。

"衣黑，我很晚才有了一个孩子。三十七岁时我才当了妈妈。"

"我很高兴听到这个消息。我一直觉得你会有个男孩，虽然在我的印象里，你自己还是个孩子。"

她像个孩子那样笑了，笑容里有孩子般的忧伤。

"他是个很好看的男孩。"白说，"有时我会觉得他很像你，但是实际上一点都不像，因为他并不是你的儿子。他也不像他的爸爸。"

"我觉得他很像你。"我说，"和你小时候一样好看。"

白抬起头，愣了一会儿。

"你见过他？你什么时候见到他的？"她问，"他也可以看见你？我问过他很多次，有没有在身边看见过一个穿黑衣服的叔叔，他从来没有告诉我他见到过你。"

"有一年新年的时候，我回来了这里。那时你回到了父母家。"我说，"我看见了那个小男孩。我很喜欢你的孩子，所以还送给他一本书。"

"是一本童话书吗？我一直很奇怪那本书怎么会出现在家里的，他让我读给他听。我喜欢那个童话，简直就像是我自己的故事，我好像记得那本书的名字，我和我的朋友……"

"《我和我看不见的朋友》。"

你和我。

"为什么你会送这本书？这个童话的作者写过几本别的书。后来我看过他几乎所有的作品。"她看着我问，"他是你吗？"

"我写过几本书，没有用我自己的名字。这个名字属于我的学生。"我说，"那时我开始写作，后来我成了一个没有人见过的作家。"

12

在灰裙离开后，我漂泊了几年时间，几乎去过每一个能够到达的角落。我去过最北边的极地，也去过南方的岛屿。我和一头觅食的北极熊待过几个月时间，后来它饿死在无边的冰原上，白色毛皮下只剩下骨头。在炎热的大陆，垂死的大象领我去过它们的坟冢，我见到无以计数的象牙骨骸。我没有特别想待的地方，有时只是在船上或飞机上发呆，回过神来已经是另一个城市。没有人能看见我，没有人能听见我，我没有可以交流的人。我养成了阅读的习惯，我大概读了很多书，因为除了读书以外，我没有任何可以熬过时间的东西。但是光是读书并不能满足我。我开始写作，后来我明白，这是我能和这个世界保持交流的唯一方式。阅读相当于聆听，而写作相当于诉说。

我在某个城市的某个偏远的图书馆留了下来，开始写第一本书。我想起白的童年，想起那些夜晚，我和她一起听过的睡前童话。当我开始写字，我明白这个故事属于我们，因为这里有我和白共通的记忆和情感，无论它曾藏匿在何处，现在都在纸页上再现了。写故事让我缓解了对她的思念，同时又加深了这种思念。

我在这家图书馆待了几个星期。有一天晚上闭馆以后，我发现一个年轻人走到了我写作的书桌前。我认出他是这个图书馆的管理员，有时会值晚班。

"有件事我不是很明白。"他好像在对我说，"这是我的幻觉吗？为什么我总是在闭馆以后的深夜，看见你在这里写东西？"

"你能看见我吗？"我问。

"有些模糊，像是雾天在街道对面遇见了朋友。"他说，"现在我能看清你了。你是谁？"

"你觉得我是谁？"我好奇地问。

"我觉得你是我信仰的东西。"年轻的管理员说，"我在白天看过你在纸上写下的文字。我想你要么是神灵，要么是古代作家的鬼魂。"

"我不是你说的这些。"我摇了摇头，"我也不知道我是谁。我只是在这里写小说。你要赶我走吗？"

"只要你愿意，可以继续留在这里。我不会让人来打扰你。"他说，"我只有一个请求，我希望你能当我的老师。"

这样我有了一个学生。他是我写作上的学徒，实际上我们更像是朋友。

他不是在所有的时刻都能看见我的样子，只有在深夜时，我在写作和阅读时，他才能分辨出我。我想大概是因为，只有这种时刻，我才更接近于一个真实的人，我通过写作再次塑造了自己。我创造了我的形象。

我们在夜晚交谈。我的学生读过非常多的书，而且以后还会读更多的书。对他来说，我是一本难懂的书，即便我告诉他所有的事，我的陪伴，我的离开，我独自一人漫游在这个寂静的世界，我听见所有人的话语，我看见那些暗夜中的生物，我看见的死亡，我感受的痛苦。我感觉我在服刑，我待在一个空旷而透明的玻璃牢笼里，这是段漫长的刑期，其惩罚是孤独。没有人能够忍受同样的惩罚，灰裙是其中一个，但她已经结束了刑期。我的书写给理解它的人去看，我的书写给怀有爱意的人去读。当我独自一人时，我才理解我所怀有的感情。它是痛苦的根源，但它同时也让我坚持着自我。它归根结底可以变成一个字，一个人的名字，你的名字。我本来没有名字，是你给我起了一个。从这一点上来说，我由你所创造。

我以我学生的名义，将稿子寄给了出版社。在第一本书出版后，我带着它回到了白以前住的地方，她父母的家。我看见二楼的窗口亮着和以前一样的灯，但是那个女孩已经不在那里了。这是新年的时刻，房门打开了，飘出白父母的声音，一个小男孩偷偷溜出了屋子，他长得像小时候的白。我看着他，却发现他也站在台阶上打量着我。他能看见我。

"白是你的妈妈？"我问他。

"你认识我妈妈？"他昂起头，好奇地问。

我感觉从未有过的开心，我在台阶上坐了下来，坐在小男孩的身边。

"我认识你妈妈的时候，她跟你差不多大。"

"妈妈说，不要和陌生的大人说话。"小男孩想了想，"但是她又说，有一个穿黑衣服的叔叔是例外。你是他吗？"

"可能吧。"

"那我可以像信任我妈妈一样信任你。"他说，"不过我妈妈今天不在，这里是我外公外婆家，我们在这里过新年。"

我想了想。

"这本书送给你。"

"妈妈说不要随便接受别人的礼物。"

"那就不要告诉她好了。这是我和你的秘密。"

男孩笑了起来,把书抱在怀里。

"很多字我还不认识,我会让妈妈读给我听的。"

老人们在屋里叫他的名字,有人往门口走来。

"我溜出来被发现啦。现在我要回去了,谢谢你送的书。"

他向我摇了摇手,转身跑回了房子里。

"你在跟谁说话?"有人问。

"没有,我在和自己说话。"男孩说。

我在窗口下停留了一会儿,然后就走了。

我结束了短暂的新年旅行,回到了图书馆里,继续我的写作。

13

我写了其他几本书。除了童话书以外,我还以杰克为主角写了黑暗的犯罪小说,我像灰裙一样陪伴着杰克,目睹他犯下的一桩桩罪行。我还写了一本吸血鬼回忆录,主角是我的瘾君子导师,这是我对他的纪念方式。我还写了一些游记,以及在旅行时内心的思考。这些书有的获得了好评,有的则无人问津。

我的学生是我第一个读者。他只是读完了它们，没有任何评论。他和母亲住在一起，理想是在图书馆读一辈子的书。我想，他的愿望应该能实现。他已经读了足够多的书，并且还会读更多的。书籍犹如无限伸展的小径，图书馆犹如无尽的迷宫。

阅读研究了许多资料和书籍后，我的学生尝试定义我。

"伴侣。"他说，"古希腊人说这是一个人的另一个部分。灵魂伴侣来自生命的初始，本来应该两者合二为一，但是因为某些情况，最终分裂成两个不同的人，然而在心灵和精神上不可分离。在基督教义里，这样的存在就被解释为守护天使。他们相信每个人身边都存在一个守护天使。佛教经文里有相似的解释，这样的人被称为'护法'，起着保护和持守的作用。如果你相信轮回，这种情况又可以解释为生死相依，也许你们前世就在一起，可是你们都忘记了。她有了新的人生，而你则因为过于眷恋过去，只能维持魂灵的形式。"

我已经开始写作我最后一本书。在最后的十几年里，我几乎都在写它。我写的不是别人的人生，而是我自己的，我写的不是别人的故事，而是我自己的。我写的不是别人，而是你。这不是爱情小说。世界上不存在这样的爱情。世界上不应该存在我这样的人生，也不应该存在这样形式的爱。起初我是这样认为的，但在漫长的写作过程中，我的存在却越来越真实，仿佛我的故事赋予了我生命、记忆和形体。我的生命来源于虚无，我的记忆来源于你，我的形体来自你的凝视。难道你不是这样的吗？难道我们不是同样的吗？你也来源于虚无，现在的你来自我的记忆，你的形体在我的目光中显现。我们各自赋予了对方意义，我们又各自在寻找对方的意义。我重写了我的人生，因此它会比真实更为真实。从这一点上来说，我从来没有离开你，我们从来就没有彼此分离过，我们始终陪伴着对方。

我一直在写这本书，几乎没有间断过。我感觉时间已经所剩无几。而我要在时间结束前写完它。时间永远不是无限的，神灵也会苍老，小孩变成老人，空白的稿纸上写满了文字。我的学生也将成为作家，他会一直待在这个图书馆。但是我并不知道之后的事了。因为那一天，我停下了笔。我感到了死亡的临近，那不是我的死亡，那是我所陪伴的人的死亡。我感到了来自死亡的悲伤，好像天鹅收拢了黑色翅膀，好像万事万物都要沉睡了。那是所有的死亡，也是我的。

"你怎么了，我的老师？"

"我要走了。这次不回来了。"

"你不再写书了吗？"

"我所有的故事，都已经到了结尾的部分，现在我正在走向它。"我说，"我的时间到了。"

"愿故事与你同在。"我的学生说，"我会像想念一本书那样想念你。"

我和我的学生告别。我要回到我一直就想回去的那个人身边，我要像很多年前那样去陪伴她。图书馆所有的灯光都暗淡了。我合上书，站立在空无一人的黑暗里。然后我想到了离开前的那天晚上。

四十五年的时间好像只是一秒钟。我转身走向过往。

我沿着来时的路，一步步回到过去，一步比一步更接近她的身边。我向她所在的方向走了过去，就像很多年前那样，我从那些回忆中间走了过去。我的心平静而迫切。我知道她在等我的到来，而我的一生都在等待她。

于是我回到你身边。

14

我看着白。

"我上了年纪后，最难过的是身边的人一个接一个地离开。"白说，"我的父母先去世了，然后是我的丈夫。他比我年龄大一些。我感到我只有我的孩子了。他长大了，离开了家，住到了外面，有了女朋友，恋爱和分手。他不想那么早结婚。他说想在结婚前，更多地看看这个世界。他成了一个摄影师。"

我看着白。她头靠在枕头上，说话声变得低沉。

"他喜欢去没人肯去的地方，那些危险的地方。他拍摄灾难发生后死亡的人们，因为战争失去子女的老人，快要饿死的婴儿，因为传染病而荒废的村庄，他拍摄的都是这个世界的伤口。有一天，我接到了一个电话，电话里的男人问我是不是他的妈妈。我说是的。那个男人把我孩子的死讯告诉我。我没有看见遗体，我只收到了骨灰。他留下了很多照片，后来的时间里，我每天都在看他拍摄的那些照片。好像看着看着，他就会回来似的，好像那些照片，就是我的孩子。"

"对不起，我没有保护好他。"我说，"我没有想过要保护他。"

"我没有要求你这样做。我没有道理要求你这样做。这不是你的责任。保护他的应该是我。我把骨灰埋在了花园里。这是我最后一个亲人。从此我就真正孤身一人了。"她说，"我又活了那么久，我自己也感到奇怪，我以为我三十岁就会死掉。可是我六十岁时，我还活着，一直到了现在。现在我感觉我快要死了。你也回来了，真好。我真高兴。这样我们就回到以前了，回到了一直有你陪伴的那段时间。那时，我从来不知道什么是孤独。"

她的心跳趋于平缓，仿佛小船儿驶到了终点。她只是看着我。

"衣黑，我感谢你陪伴我。"她说，"虽然我不知道你为什么会出现在我的生命中。"

她闭上眼睛。我的小女孩闭上了眼睛。

"我现在有点害怕。因为我快要死了。我不知道人死后会去哪里。我不知道那里会不会像这个世界一样，我会遇见我的家人吗？还是那是一条更为凄凉的道路？你还会和我在一起吗？"

我的小女孩在哭泣。就像是很多年以前，她埋葬了那条流浪狗以后。

"衣黑叔叔，大家都会死吗？"

"我不太确定，可能都会的。有一天，大家都会离开这个世界。"

"也包括我和你？"

"我想是的。"

"死了以后，我们去哪里？"

"可能是另一个世界。"

"另一个世界很可怕吗？"

"我不知道。我没有去过。"

"我有些害怕。"

"不要害怕，我会保护你。"

我会保护你。

"我会一直和你在一起。"我说，"不管你去哪里，我都会跟随你。我永远不会离开你。"

"为什么你要和我在一起？"

七岁的白，二十岁的白，还有我衰老的白。她们凝视着我。

"我们为什么会在一起？"白低声问，像是在问自己。

我的孩子，我的姐妹，我的家人，我可怜的女孩，我衰老的爱人，我的伴侣，我从未真正离开过的，我们从来都在一起的，我所有的世界，我存在的所有意义。我的白，我的白。我的白快要死了。你要离开了。

白对我微笑了起来。

"衣黑。"她说。

她的眼睛慢慢合了起来。一切都变平静了。她不再呼吸。心电图画上了虚无的直线。她衰老的心像枯叶一样寂静，落到了地面。

15

我感觉外部世界的寂静仿佛内心的孤独一样包裹住了我。我是在这家医院看见白的。我第一次看见白，不是她七岁的时候。她七岁的时候我已经陪伴在她身边很久了。

我的女孩出生在这家医院。我第一次看见她的时候，她还刚刚出生，她躺在医院的婴儿床上。那也是我的出生。我睁开了眼睛，我看见了还是婴儿的白。我并不知道为什么会这样。我像是藏在黑暗中的鬼魂，世界对我来说是混沌，没有光线，冷寂，没有声音，只有她是例外。

我在黑暗中默默陪伴她。直到她七岁时，第一次可以看见我。一切都不一样了。我第一次感觉到自己的存在，感觉到自己是活着的生命，世界变得有了色彩，气味，和感觉。我甚至能触碰到风。因为她看见我，我的世界像是被光照亮了。

我为什么要陪伴你？

因为我必须要陪伴你。

因为这是我活着的唯一方式。

因为你是我生命的原因。

我想起了灰裙，和我一样的灰裙。灰裙已经离开了，她很久前就离开了。离开前她靠着我的肩膀。

　　"他死了以后，你会怎样？"我问。

　　"我也会死的。"

　　"为什么？"

　　"这是我们的结局。"灰裙说，"我守护的人死了，我会随着他一起消失。我们会一起死去，因为他是我生命中必须陪伴的人，当他不在了，我也就没有存在的意义了。"

　　她的身体逐渐在消散。

　　"当时在电影院门口，我嘲笑你。你看起来多傻啊。"她轻轻说，"衣黑，其实我们都是傻瓜。我们每一个人都是。"

　　我们每一个人都是。我们每一个人都在爱别人。我们每个人都在寻求陪伴。而我和你在一起，我的白。

　　周围的声音渐渐嘈杂了起来。很多的脚步声，护士在呼叫医生。没有那个必要，我想对年轻的护士说。我已经感觉到了，那来自未知的黑暗。世界变得模糊和冷清起来，就像所有的灯光都熄灭了。我坐在病床边，渐渐看不清她。但我知道她还在这里，但她已经不在这个世界上了。悲伤如同潮水一样覆盖了我，但这不是最后的感受。最后我还是感到了孤独。真正的孤独。而我坐在那里，等待一切的到来。

打字狗

在孤独这件事上，
我们和一条狗并没有区别。

那个背双肩包的小朋友牵着一条狗走到我的办公桌前。说是办公桌，其实是咖啡桌。因为借用的是咖啡馆角落里的一张桌子，一边喝咖啡一边工作。主要工作是写小说，因为我是个无人问津的作家，出过书，可是没有人看，在许多书店里用来垫桌子脚。次要工作是其他的事情，比方说帮眼前这个背双肩包的小女孩解决她的难题，可能我实在是太闲了吧。

　　又孤独又闲，不想去搭理人，也没有人愿意来搭理我。只有背着双肩包的小朋友愿意带着一条狗来搭理我。这就是我的日常生活。

　　小朋友看起来六岁，也许七岁？反正还没到狗嫌猫烦的年龄，至少她牵在身边的这条狗没有讨厌她。我也不讨厌她，因为她不但来和我说话，还请我帮忙。

　　"叔叔，可以请你帮个忙吗？"

　　叔叔……忍不住有点想哭，曾经我也是小鲜肉来的。

"前两天我捡到了这条旺财，它一直跟着我。我总觉得它有什么事要告诉我。可是我听不懂它的话。"小朋友说，"所以我想请叔叔你试试。"

"为什么找我？"

"你以前不是解决过类似的事吗？听说你是个写书的大人。写书的大人不都是能够听懂很多人的心声吗？我想就算是旺财这样的狗，你也应该可以的。"她想了想，又补了一刀，"……而且你看起来也没什么事做。"

综上所述，这就是我为什么和一条狗待在咖啡馆的全部原因。

从品种上来说，旺财是一条拉布拉多犬，黄色短毛，长了一张拉布拉多式的标准的老头脸，好像是陕北种了一辈子小麦的老农那种气质。拉布拉多这个犬种智商很高，性情温和，所以在很多地方都被用作了高效率的工作犬，导盲或者搜查，用来陪伴就更好不过了。现在它就用它的老头脸对着我，眼神比种地老农更忧郁一些。

我也这么看着它。我想在它的眼里，我的脸说不定也很忧郁。但是狗的眼神总让人想起诚恳、信任、托付之类的词语。它只是默默地看着我，从地上仰着头。我也觉得它有什么话想跟我说。因为我要了一块芝士蛋糕给它，它只是闻了闻，然后继续望着我。

"你想对我说什么吗？"我问。

旺财吐了吐舌头，重重喘息了一声，像是低沉地说了一个字。

"可是我听不懂你的话。狗的吠声我小时候学过，那时我懂一些，可是长大以后我就忘了。"我说，"你会说话吗？普通话？还是上海话？"

我试着用不同的方言说了几句（你瞅啥？咋的了？），狗默默扭头。可惜我外语也不好，不然可以试试看别的语种。

"那我们应该怎么交流呢？"我说，"要不我们画画？"

画画并非我的强项，我又不是毕加索。我只是个写小说的，写的小说也没几个人看。

好在现在已经是互联网时代，可以上网求助。于是我打开咖啡桌上的笔记本（为了避免广告嫌疑，这里就不说明品牌了），准备上网发帖：

请问怎么和一只拉布拉多狗交流？在线等挺急的……oufDOLGUFGOUghyiipytejhhjjuisd fnaosdupjf;dsgsguoaooguaiswoguwoghuioedryodfah@###$#$###########

后面这段乱码不是我打的，是这条拉布拉多打的。它扒在咖啡桌上，前爪按在了键盘上。

我不由陷入沉思，一方面我觉得又找到一条很好的拖稿理由，"对不起编辑小姐我真的写完了可是我的狗按了全文删除键……对的，狗吃了我的小说"；另一方面，我感觉有另一种可能性。

我打了几个字，把笔记本电脑放在拉布拉多身前的地上。它看了看屏幕，两只前掌果然都按在了键盘上。但是由于狗爪没有人的手指这么灵活，所以打出来的字我几乎都不认识。

我问的是："你会打字吗？"

"我果蔬公司拉萨发射机苏打绿姑嫂多傻瓜就睡啦幅度从骄傲结构钢打字。"

世界上曾经有过类似的新闻，像是会拼字母的马，会叼汉字的麻雀，会弹钢琴的猫，等等，结果最后发现要么是误会要么是骗局。这些动物察言观色的本领很强，基本是通过对面人类的表情来选择正确答案。每当它们做对了选择，我们总是难免喜形于色，说起来我们人类就是这么浅薄，对动物来说，真是一点难度都没有。

但是我从来没有听说过狗会打字。

我从某宝网（没有赞助就没有名字）购买到了尺寸合适的键盘，每个按键都很巨大，我觉得这个型号大概是用来给巨型篮球运动员使用的，对眼前这只拉布拉多狗来说正好。它蹲在椅子上，屏幕灯光照亮了它的眼睛。

我们面对面，通过两台笔记本进行交谈。我想看看它的谈话是否符合正常的逻辑，而不是随意的字词组合，所以基本上是采用了提问和回答的方式。

我和拉布拉多开始交流。通过笔记本上的某款南极动物的即时通信软件（由于对方没有支付赞助费，这里照例不能出现名字），我特意帮它申请了个号码，头像是条小狗。

"你会打字？"

"会。"

"失敬，怎么称呼？"

"曾经，过去，阿宝，小 Q。现在，狗。没有陪伴的狗。"

我沉思了一会儿，觉得还是问清楚比较好。

"你怎么会打字？"我问。

它抬起右前掌，看着面前的按键，一个一个慢慢按了下去，按完以后才抬起头来看我。打字狗打出了一行字："主人，教的。"

"为什么他要教你打字？"我问。

"我不会说话，他不会汪，所以打字，合适。"它打出回答。

"你能听懂人说的话吗？"

"限于主人，说。"

"但是能读懂汉字？可以通过打字和人交流？"

"一部分。"它偏头想了想，打了几个字，"交流，困难。"

"不同物种间交流是很困难的。因为语言不同。"

"互相，理解，困难。人人。也。更。"

"你主人说的？"

"我，觉得。"

"你的主人是谁？"

"人，一个。"

"我的意思是他是谁？"

"打字。单独。生病。高，瘦，教我打字。不太说话。一个房间。"

"他是做什么的？"

"白天。出去。晚上。回来。睡觉。散步。和我说话。打字。打很多字。很多字。"

我想他的工作性质应该和我差不多。不知道是程序员还是做编辑的，一个单身生活的人。

大致情况我已经明白了。打字狗确实能够打字，它是被人训练成这样的，就和用来聊天的机器人差不多。我觉得有这样一个宠物真挺不错的。

"你的主人呢？"

"睡了。不打字了。"

"睡了？"

"很长的睡。另一个字。"

"另一个什么字？"

狗沉默了很长一段时间。长到让人觉得它根本就不会打字。

"没有声音。不打字。不呼吸。冰冷。死了。"

我放下键盘。我和狗都沉默了。

"他没有朋友吗？家人呢？"我问，"有人和他生活在一起吗？"

"很少。有个长头发。茉莉花味。来过。不来了。家人。后来没有家。不喜欢动物。我是麻烦。走了。"

我不知道怎么安慰一条失去亲人，以及失去家的狗。

"你现在……还好吗？"我问。

"在主人睡着了。死了。安静了以后。理解了那个词。"

"什么词？"

"常常对我说那个词。他对我说过，一个词。两个字。"

打字狗低垂着脑袋打字，但是半天没有打出来，可能它很难理解那个词，过了很久以后，它才打出了那两个字。

"孤独。"

它打出来这两个字。

"我很孤独。他对我说。孤独。现在我理解了。"

"你理解什么了？"我问，"理解主人，还是理解孤独？"

"我感觉到了。很难过。"它说，"孤独。很孤独。我很孤独。人的，狗的，所有的。"

我看着它打出来的话，半天没有能够回应什么。

"我不想打字了。再也，不。"

它跳下椅子。趴在地上，把脑袋夹在两条前腿之间。像我遇到的那些，没有归属的，忧郁的狗。

事实上它在之后再也没有打出来一个字，就仿佛它从来没有和我打过字一样。直到背着双肩包的小女孩再次来到咖啡馆。

"叔叔你弄明白怎么回事了吗？"她问。

我犹豫了很久，没有把实情告诉她。因为这条拉布拉多犬已经不打字了，所以打字狗已经不存在了。它现在只是一条趴在阳光下，眼神忧郁的，平淡无奇的狗，只不过像我们一样，很孤独。

　　"估计是没有家所以心情不好吧。它挺喜欢和你在一起的。"我说，"你可以收养它吗？"

　　"我可以呀。"她说，"我可喜欢狗狗啦。我家里人都喜欢。"

　　她抱起狗的脑袋，亲了一下。狗的忧愁脸看起来还是那么忧愁，但是微微甩动的尾巴出卖了它的心情。

　　"可是叔叔你为什么不收养它呀？你们看起来挺像的呀。"小朋友说，"你看你们的表情都愁眉苦脸的。"

　　"哦，我们太像了。"我说，"太像的人在一起不会开心的。它应该和不一样的人在一起生活。"

　　"哦，我不懂你在说什么。"小朋友冲我摆摆手，"我带旺财走了，谢谢叔叔。来，旺财，跟我回家吧。"

　　小朋友牵着拉布拉多狗走了。我看着她和狗的背影。人在小时候都特别容易快乐，很少能理解别的感情。

　　那个教拉布拉多打字的人，他到底有多么内向，与世隔绝，没有朋友，才孤独到需要教会一条狗来打字？是因为没有人能够理解他的内心，还是他所有的感情都没有时间和人述说？还有打字狗，狗究竟要怎样才能学会打字？

　　我不知道他身上发生了什么。我也不知道这条狗身上发生了什么。我虽然会写小说，但是我的小说从来卖不掉，我想象不出一个教狗打字的男人，和一条会打字的拉布拉多狗，以及他们一起遇到的故事。

我知道的只是孤独，我能理解的也仅仅是这一点。处理完这件事，我喝了杯咖啡，重新开始在笔记本上写我的小说，就如同一条拉布拉多犬在电脑前学会打字那样。

直到拉布拉多狗走了很久以后，那位女士才从隐身的街角走了过来。我继续写字，没有抬头，所以不知道她的样子。她坐到我对面，也就是打字狗曾经坐的地方，要了杯咖啡。我闻到黑咖啡的苦味和她长发上的茉莉花的香味。她没有说一个字。我想她也许想说话，也许不想说话。人和人之间的交流是很困难的，理解更是。

"在孤独这件事上，我们和一条狗并没有区别，是吧？"我说。

我抬起头的时候，对面座位上已经没有人了。

那个小女孩在周末时会来遛她的拉布拉多。但我不太能见到她，因为我是个繁忙地坐在咖啡馆里码字的作家，永远写着不受欢迎的小说。写作是孤独的工作，有时我感到孤独时，笔记本桌面上一个灰色的小狗头像就会亮起来，一个对话框就会弹出来，像朋友一样和我打招呼。

"汪。"它说。

绘
画
师

有时你有多爱一个人，那么，
同样的仇恨就有多么大。

在她八岁的时候，那名绘画师给她画了一幅肖像画。那时她还太小，身体甚至还没有开始发育，因为自卑而沉默寡言。她天生长相丑陋，父母担心她长大了只有去做马戏团当展览用的妖怪，有一个马戏团老板听说了有这么一个丑陋的孩子，慕名而来，却被吓了回去。她固然心地善良，丑容却超乎世人想象，头发稀拉得像枯黄的稻草，一只眼睛大一只眼睛小，塌鼻梁，脸颊上还生满了粗疣，皮肤粗糙蜡黄，龅牙翻出了嘴唇。

女孩整天待在房间最黑暗的角落，把自己和外界隔离开来。只有偶尔心情好转时，才会小心翼翼地外出，围着很厚的围巾，害怕被人看见自己的面孔。八岁那天，她像以往那样悄悄离开家，带着面包和水壶，去到公园的湖泊，坐在岸边。阳光明媚，周围一个人影都没有，一切都安静而美好，她不敢看湖水的倒影，害怕自己的形象会破坏感受到的一切。几只鸟儿飞来落在她肩膀上休息，过了一会忽然一下子飞了起来。

她转过头，从围巾的缝隙中看见有人走过来。那个人年轻，很瘦，手臂很长，手掌骨节分明。他背着行囊和一块绿色的夹板，脚上的鞋面已经开了几个豁口。他面对湖面，伸手比画了下，身子摇摇晃晃的。在女孩看见他的时候，他也转过脸，却只盯着她手上的面包，表情和身体的虚弱说明他饥饿已久。

她犹豫了下，把面包连同水壶递了过去，那个人接过去就吃了起来，连谢谢都没说。直到吃完以后，他才抬起头看女孩，眼睛明亮，却带着一种梦幻的颜色，好像是在做梦时睁开了眼睛。

"我吃了你的东西，我身上没有钱。"他说，"只有一个办法能够答谢你。"

他说他是个流浪画手，想要画一幅人世间最美的画，因此在世界各地流浪。为了答谢女孩，他要给她画一幅肖像画。她不知道怎么拒绝，忍着眼泪，慢慢取下了围巾。她觉得画手会和其他人一样惊骇地后退，或者是嘲笑她的面貌。但他只是从肩上取下画夹，拿起笔开始作画。

他难道不觉得我长得难看么？女孩想。画手温和的目光始终注视着她的面孔。画完以后，他把肖像画从画夹里取出来送给她。女孩机械地接过那张画，连看一眼的勇气都没有。

"我是个绘画师。"她听见对方说，"我只画我看见的东西。"

她带着画回家，直到那天晚上临睡前，才有勇气打开了画卷，令她意外和不解的是，画上出现的不是一张难看的面孔。那是一个美丽的少女，长发柔顺，目光和善，皮肤光洁。这是张陌生的少女画像，虽然很漂亮，却不是她。

流浪画手也许只是和她开个玩笑。她收起了画，把它放在抽屉最下面，渐渐忘记了有这么一回事，忘记了画像和流浪的绘画师。此后她一直没有再遇到他。

两个多月后的一天，她下楼时不小心从楼梯上摔了下来，摔掉了几颗门牙，她的龅牙就此消失了。一年后的体育课上，棒球队的棒球击中了她，眼部淤血消除后，她的两只眼睛恢复成一样的大小，而且是漂亮的双眼皮。改变并没有就此结束，在小学毕业那年，拍集体照时她被人从高台上挤下来，鼻梁被台阶磕断。医生矫正了她的鼻梁骨。戴了一个夏天的鼻夹，她的鼻子变得小巧挺直。

最可怕的事故发生在中学第二年，在一次夏令营时，篝火引燃了帐篷，她在睡梦中被火缭绕，体表多处被烧伤。她在医院里住了三个月的时间，绷带把面孔完全蒙了起来，火焰带来了新生的皮肤。枯黄的头发完全烧掉了，新长出的头发带着柔顺的光泽。痊愈的那天，她在镜子里看见崭新的自己时，意外看见了一个美丽的少女形象，她曾经看见过这个形象。

她从抽屉最下面找到了那张肖像画。现在确切无疑，画像上的少女就是她此刻的样子。所有的人，包括她的父母和她自己，都被丑陋的表象所蒙蔽。只有很多年前那个年轻的绘画师才透过虚妄的外在看见了她真实的形象，并保留在了他的画页上。

她从此变成了美丽的女性，因为美丽而自信，又因为这份自信而充满魅力。杂志的摄影师从一群逛街的中学女生里发现了她。她的面孔出现在一本又一本的时尚杂志封面，很快，她容貌美丽的名声就随着照片传播到全国，引起了许多人的注意。她参加了几次世界范围的选美比赛，毫无例外地折桂而回，接着接拍广告，形象代言，拍摄电影。不到二十岁，她已经成为一颗耀眼的明星，光芒闪耀在世界每个角落。

所有人都爱慕她。她认识的无一不是社会顶尖的人物，主宰政坛的政客，福布斯财富榜常驻人士，阿拉伯的王子，时尚界的大师。正如人类历史的重现，美貌从来都和财富权势联系在一起。她恋爱了许多次，交往的对象带她见识过最豪华的场面，欣赏过世界各国的不同风景。权力财富虚荣都是人们梦寐以求的东西，无数丑恶黑暗藏身其下。和这些掩盖起来的丑恶相比，曾经的丑陋面容简直不值一提。在炫目的旅程中，那个畏缩在房间里的丑孩子，渐渐被她淡忘了。

她在荣誉和赞美中度过了许多年的时光。有一天，她独自在宫殿般的卧室中醒来，落地镜照出了一个成熟女性的容貌。她忽然感觉惊恐，于是从保险箱的最里层找出那张画。她看着那幅画，又看着镜子，不祥的感觉得到应验。画像已经有点不像她了。画像上的人那么年轻，皮肤娇嫩，眼神清澈。镜子里的她已经失去了这样的眼神。

她看着画像，接连失眠了好几个夜晚，最终做出一个决定。

她找到国内最有名的私家侦探，委托侦探寻找一个人，一名流浪的画手。

她要找到那个为她画肖像的绘画师，不管他在哪里，她都要找到他。

用了一年时间，侦探找到了她想找的人，带着照片回来向她汇报。她陆续从侦探口中了解到那名画手的情况。

流浪的画手确实是个画家。不过作为画家的他并不出名，他更有名的身份是流亡的绘画师。有几个国家在通缉他。罪名是他的才能。不知道从什么时候开始，人们发现了他独一无二的绘画技能。

曾有国家的元首请他画过肖像，他画的却是元首吊死在绞刑架上的画面。这名元首在四年后死于政变，吊死的姿势和画像上不差分毫。在另一个国家他画过热情洋溢的群众集会，画面上呈现的却是乱葬岗。仅仅过了几个星期，他的画作就成了现实。他画过国际大都会的两幢摩天大楼，后来大家眼看这两座大楼在同一天消失。他画过证券交易所繁忙交易的景象，画面上许多人正试图开枪自尽。

他只画他看见的东西。他只绘画他眼见的真实。

绘画师因此惹怒了许多人，有好几个国家通缉他。他总是在世界各地流浪，以绘画糊口。不过就算是这样，他也拥有过一段安定的生活。他和一个盲眼的姑娘成立了家庭。他们在西藏生活了一段时期，又在非洲度过了两年。这期间两人像是真正的土著那样生活，也许反而是段幸福的日子，因为这段时间他画了许多自然风光的作品。他带着画作回到了大城市，然而却无人问津，他们生活贫困。他的妻子身体一直带病，最后死在了他们的卧室，也就是他的画室里。身边只有他和他的画作。

在那以后，他再也没有画画，就此消失在了这个城市熙攘的人群中。

听完侦探讲述的绘画师的故事，她沉默了一会儿，然后请侦探帮忙，去把绘画师所有的作品买下来。出于无法说清的理由，她要收藏他的画。

她买下所有能够买到的绘画师的作品。绘画师前期的作品要么被禁，要么被销毁，几乎都已佚失，现在能够在艺术市场找到的都是他最后几年所描绘的风景画。她把所有的画都装裱一新，悬挂在自己住宅的每一面墙上。她宫殿般的住所俨然成为绘画师个人的艺术馆，犹如法国的凡尔赛宫又或是卢浮宫。每天她都花很长时间欣赏他的画作，从早上起床到深夜睡眠，几乎无时无刻不在他的笔触下漫游。

她看见牧民困苦平静的生活，僧侣和牦牛走在一起。兀鹰从天而降，把人们的灵魂带回天上。干裂的土地上挣扎的生命，无穷尽的沙漠像时间一样吞没一切。山洞里最原始的壁画是人们对生命最初的刻画，阳光像画笔一样分解着森林和草原。一个孤独的非洲少年，拿着长矛望着大地尽头的落日。许许多多的景色，林林总总的生灵，一页又一页的画纸，一个安静的心灵在描绘这一切。

她看完了所有的画，被蕴含其中的东西所打动。打动她的也许并不仅仅是画作，比画作更可贵的是画下这些作品的人。通过绘画师的作品，她觉得自己触摸到了他的灵魂。这就足够了。世间人们的爱恋往往流于表面，真正理解心灵的少而又少，直接接触灵魂的更是绝无仅有。她已经恋爱了很多次，但哪一次都没有这一次这么明显和确定，这么深入到她的内心。是的，她爱上了一个人。

她爱上了绘画师。

她再次委托侦探，不管用怎样的代价，不管付出多少金钱，都要寻到绘画师的下落。时间一天天过去，有一天，终于得到消息。一个很像是绘画师的人就在附近的城市。那是一个救助站，短期收容那些流离失所的病人。她穿着大衣，把脸藏在围巾下面，只身来到那个穷苦者的医院。一个沉默寡言的患者靠着窗台，微不足道的阳光照在他的脸上。她站在微光的窗前，缓缓取下了围巾。美丽的光泽一瞬间照亮了病房，让许多病人无法置信地闭上了眼睛。只有他仍旧茫然望着窗外，对一切置若罔闻。

在时隔这么多年以后，她终于又看见了那双直抵真实的眼睛。她再次遇到了绘画师。第一次见到他时，她只是个八岁的小孩子，又丑又自卑，而他是个二十岁的青年画家。二十年过去了，她变成了成熟而美丽的女性，他已经是个四十岁的中年人。

因为长期流浪，绘画师染上了许多疾病。不过身体的疾病并不是首要问题。也许就是在停止绘画后，他时常精神恍惚，不再关注现实中的一切。又或许是因为他精神失常，所以无法再拿起画笔，总之他成了露宿街头的流民，直到被汽车撞断双腿，才住进了这间医院。

我又遇见你了。她靠近他，轻声说，我的美貌源自你的创作，所以我拥有的一切都是你赋予的。让我带你回家。

她带绘画师回家，回到那个如宫殿般的住所。房间里挂满了他的画。你看，她对他说，这些都是你画的。你还记得么？可是绘画师保持沉默，毫无反应。他忘记了自己的创作，他忘记了很多事。慢慢来，她对他，也是对自己说，我们有很多时间。迟早有一天，你会记起来，那时，你就会再次拿起画笔，为我作画。

她找医生给他看病，在他的腿伤还没有痊愈前，推着他的轮椅去花园晒太阳。她不顾高贵的身份，自己给他抹身洗脚，铺被叠衣，晚上就睡在他身边陪伴他。她像是母亲，妻子，姐妹，以及女佣那样全心全意照顾他，不再去外面寻欢作乐，不再过以前那样万人瞩目的生活，这一切都是为了他。绘画师成了她生活的全部。

由于悉心的照料，他的伤病逐渐痊愈，双腿也渐渐恢复了行动的能力，在她的搀扶下，他离开轮椅，拄着拐杖练习行走。因为她的深爱，清醒的神采一点点回到他的眼睛里。为什么你对我这样，我们曾经认识吗？他问她。

是的，我们认识。她说。她带他一幅幅看房间里悬挂的画作，那些光与影，那些线条和色块，那些还原真实世界的笔触。绘画师迷惑地站在原先的作品前，这些画难道都是我画的吗？

这里的每一幅作品，都是你的创作，包括我。

包括你？

她带他去最里面的房间，那里除了她以外没有人进去过。圣殿大小的空间里只摆放了一张肖像画。一张很美丽的画像。绘画师伸手慢慢抚摸画像上的线条，就连他也感到了那种真实的美丽。

很多年以前，你为我画了一张画。她从背后温柔地抱着他，脸贴着他的背脊。那时，我应该就爱上你了。

绘画师在画像前陷入沉思。他低头想了一会儿。记忆如同涓涓细流，流入思绪。我想起来了，好像是有这么一回事。他轻轻说，很多年以前，我还在学画画，有一天去野外写生，遇见一个女孩，我给她画了一幅画。那时她非常非常美丽。

那时我是个丑陋的孩子，但现在我非常美丽。就和这张画一样。

绘画师回头，凝视了她一会儿，然后微笑了起来。

是的。他说。

他们过了一段甜蜜的生活，正如每一对热恋的情侣。世界仿佛是为他们两个人而存在。在恋爱中，他又成了她所爱慕的那个绘画师，可是让她疑惑的是，他却一直没有再拿起画笔。终于有一天，在两人缠绵后，她觉得时候已到，于是劝恋人再次拿起画笔。

我不知道该画什么。她的恋人犹豫地说。

只要你拿起画笔，面对画纸，你的艺术灵感自然会告诉你。你会知道自己到底要画什么。

她带他坐在画板前，把画笔放在他手中。在某种程度上她的直觉是对的，绘画师的才华不会磨灭，只是一直沉睡着。现在真正的绘画师就要回来了。一旦拿起画笔，他再次成了那个年轻的流浪画手，一心追寻着美的脚步。

他拿起画笔，犹豫了一会儿，眼神变得坚定。画笔落在画纸上，他开始作画。

绘画师用了三天时间完成了恢复以后的第一幅画作。那是一张人物肖像画，人物的脸形五官轮廓渐渐显现出来。一个恬静温柔的女人，闭着眼睛。她一直以为他画的是自己，可是仔细看之后才感觉不像。画上的人没有她那样的美貌，只是个平凡的女性，而且，一直闭着眼睛。

她看着那幅画，忽然明白过来。画上的人之所以闭着眼睛，是因为根本看不见。他画的不是别人，是他的前妻，那个死掉的瞎子。

绘画师开始画第二幅画，这次换了个角度，仍然是肖像画。画了三天，侧面。女人。闭着眼睛。

第三幅画和第四幅画。第五幅和第六幅。都是那个闭着眼睛的女人。

她从失望到生气。房间里挂满了那个女人的画像。而她的恋人仍然在不停地画那个女人，就好像他现在只会画这个了。

你不会画别的吗？她问，你难道只会画这个吗？

绘画师看了看她，想说什么，但最终没有说出口。她在那一刹那明白了他没有说出口的话。

他只画他看见的东西。现在他的眼里只能看见那个盲眼的前妻。

房间里已经堆满了那个女人的画像，她再也忍受不了。有一天早上，当绘画师开始工作时，她站在他的面前，一直看着他。

画我。她说。以前你为我画过一次，现在，我要你再一次为我作画。我要把你的杰作，放在世界最大的宴会上，让所有人看见。

绘画师默默看着她，沉默了许久后摇了摇头，然后开始作画，绘画她那已经公认是举世无双的美貌。她觉得自己终于赢得了爱的胜利，于是唇边露出神秘的微笑。

画像很快完成。她微笑着拿起画纸，在看到画面的一瞬间，她几乎不敢相信自己的眼睛。他画的仍然是那个女人。哪怕是她求他画自己。

羞辱和挫败充斥了她的身体，就好像当初的爱情填满了她的内心一样。从她变得貌美开始，从来没有人敢这样对待她。她勃然大怒，将手中画纸撕得粉碎，冲着恋人吼叫，为什么！为什么你画的始终是她？你把我放在哪里？别忘了是我让你再次成为正常人！别忘了是我让你重新拿起了画笔！

是的，我很感激你。绘画师低头说，沧桑和疲惫依附在他的脸上。可是我现在只想画这个。

他试图解释，在他最孤独的年月里，在谁都不认为他是个艺术家的时候，只有一个盲眼的姑娘愿意相信他，愿意陪伴他和他的梦想。他们一起去了很多地方，经历了许多困难，共度了人生中最温馨的时刻。也因为是这样，她和绘画一样，成了他生命的一部分。

你更爱她？是我一直在帮助和照顾你，你却爱她，而不是我！她是个瞎子！她甚至都不能看见你的画！

有时候，没有眼睛的人比有眼睛的人看得更清楚。他看着画像说，我也是后来才明白这一点的。

她快气疯了。争吵，谩骂，冷漠，哭泣。改变不了的事实。有时你有多爱一个人，那么，同样的仇恨就有多么大。

她在他面前撕碎了他画的每一幅画。成堆的画纸变成了飘飞的纸絮。墙壁上的画都被拽了下来，宫殿一样的房间几乎一夜间变成了苍白的神殿。绘画师看着她的举动，把那支她曾经亲手放在他手上的画笔轻轻放下。他站了起来。

你干什么？她问。

我想我该走了，是到分别的时候了。谢谢你的照顾。谢谢你让我重新开始创作。

他头也没回，走向宫殿的门口。

不，我不会让你就这么走的。她颤抖着低声说，我没有要你走，我不会让你这样离开我……因为……

因为她是那么爱他。椅子旁靠着他康复时使用的拐杖，她下意识地紧紧握住拐杖，用力抢了出去。

拐杖打碎了绘画师的膝盖。他应声倒下，在地上翻滚。

不许离开我，她目光炯炯地说。爱的火焰在眼睛深处燃烧。我要你永远都无法离开我。

他再次回到轮椅上接受她的照料。绘画师陷入恒久的缄默。这种缄默让她痛苦流泪。我不怪你。他有时这样对她说。我坐在轮椅上一样可以画画。起初她把画笔交还给他，但他画的仍然是一成不变的内容。从此她对他的绘画深恶痛绝，那一点点的歉疚变本加厉为惩罚。她夺去他的画笔，一撅为二，把房间里所有的纸都拿走，颜料和墨水冲入下水道，甚至连浅色的被单都没留下，以此来断绝他创作的念头。

他坐在轮椅上，从那以后很久很久都没有再画画，也很久很久一直没有再看她一眼。你还能记起二十年前那个丑陋的小女孩吗？她有时看着他的背影想，你还记得我就是她吗？有时我自己都忘记了。可是不管怎么样，现在你终于完全属于我了。也只有我，就算你不再是那个会画画的人，依然不变地爱你。

一年一度盛大的宴会就要开始。那是这个世界最大的盛会，所有的国王教宗，寡头巨贾，总统首相，大师巨星都将出席，作为这个世界最美的女人，她当然必须出席。我对此早已感到厌倦，她望着轮椅上的绘画师想，这是我最后一次参加。从今以后，我就只陪伴着你。

她把他锁在家里，然后去参加宴会。宫殿大小的房间里空空荡荡，只有他和轮椅。

宴会上的她万众瞩目。这是她最后一次出席，也将是最让人难忘的一次。摄影师们用坏了无数的闪光灯，每一张胶片上都有她靓丽的身影。国王称臣，总统下跪，寡头巨贾捐出全部家产，阅兵的仪仗队徘徊不前。在这个时刻，每个人都在为美而疯狂。

绘画师从静默中抬起头，发现自己坐在轮椅上。房间里空无一人。他的身体因为渴望而颤抖，创作的激情沉睡了许久，此刻终于要喷涌而出，他意识到这将是自己一生最重要的时刻，他一直以来的寻找，他一直以来的等待，都是为了那最美的瞬间。可是他手上没有笔，没有颜料，也没有画纸。他环视房间，在他眼前，洁白的墙壁如同没有边际的画布。没有笔不要紧，画笔只不过是人类双手的衍生物，用来把眼睛看见的东西描绘下来。

他伸手在空中划动，把想象中的图画在想象中描绘出来。终究有所欠缺。没有颜色，那图画终究无法完美。

绘画师低头想了一会儿，嘴角露出轻松的微笑。他差点忽略了他一直以来随身携带的颜色。那是人类在第一次绘画时就知道使用的颜料。那种颜料属于生命本身。

于是他昂起头，用牙齿咬开手腕血管，开始绘画。

没有等宴会结束她就离开了那里，匆匆回家，急着想把她的荣耀告诉给塑造她的人。她回到宫殿般的房子，打开一道道的锁，推开一扇扇的门，来到最里面的房间。

一推开门，她就看见了房间墙上的那幅壁画。那才是真正美到极致的美丽，连语言都无法诉说，不能称颂，只能看见。它就在那里，等着她来看见。

整面墙是他的最后一幅画。

她看见了空置的轮椅，什么都没有留下，他不在了。绘画师画完了最后一幅画，就此消失在了他的作品中。

流

星

这里的跑道让我想起了土星的光环。

我背着行李走在泪街上，在车站看见了一位姑娘，好像在等去向别处的公共汽车。她不知道这个公交车站早已经废弃了，再没有任何公交线路通过这里。这个姑娘穿着裙子坐在栏杆上晃啊晃的，露出了苗条的腿，过了会儿她瞄向长街的另一端，瞧见了我，明显犹豫了一下，然后问："你好，请问这里是哪里？"

　　"这里是泪街，以前这个站是泪街车站。"我说。

　　她转过脸去看站牌，秀气的脖子戴着一根银色的项链，吊坠是一颗透明的星星。

　　"以前？"

　　"站牌早就没有了。因为这个车站已经不存在了。"我说，"整条公交线路都取消了。你是要去哪里？"

　　"我不知道去哪里。我是不小心掉到这里来的。"她偏头想了想，"你刚才说这里是泪街？哪个泪？"

"泪街。"我说，"眼泪的泪。"

"为什么叫这个名字？"

"因为整条街就像一条泪痕。大家都说泪街就好像是石城流下了眼泪。"

"石城？"

"这个地方叫石城，开采矿石的城市。"我耐心解释。

她又眺望了一下街道，点了点头，貌似是理解了我的话。

"石城是吗？"她顿了顿，小声问，"那么，这里是地球吗？"

我看了看她，她也在看我。对视了一会儿后，她脸红了起来。我背起背包，往石城的城区走去。她跳下栏杆，跟在了我的后面。

"你是本地人吗？"

"算是吧，我小时候住在这个城市。"我说。

"那你可以带我看看这里吗？"她说，"我刚来这边，还不太熟悉……"

我觉得没什么不可以，她大概只是个旅行者，故意来偏僻的已经荒废的地方旅行。她的样子挺好看的，好看得有点不合时宜，仿佛是时尚杂志里突兀地出现在脏乱背景里的花朵。我很担心她会被这个城市吞没。尽管石城已经废弃了很久。我也刚回到这里。

我们沿着泪街往东走，走出街口基本就是石城的城中区了。不过就算站在城中区的中心街道往四面望，也看不到什么人影，这里尽管是石城的中心地带，可是仍然看不出繁华的景象，一副城乡接合部的气质。灰扑扑的街道，到处是灰尘的地面，不超过五层楼的建筑，水泥墙面都裂开，露出了里面红色的砖头。贴了瓷砖的楼面，马赛克都掉了，像被机枪扫过的枪眼。

"这里好像那些生命绝迹的行星。"旅行者姑娘说，"我在来的路上路过那些地方，我还以为这是座大城市呢，石城是吧？以前这地方也是这样？"

"以前这里不是这样，起码我小时候不是这样。"我说，"二十多年前，石城是北方一座还算热闹的小城市，荒废是后来的事。你看见那个操场了吗？这就是石城的中心广场。"

我和她正好走到了中心广场，操场现在也没了当初的气派模样，只余留了空旷的形式。煤渣铺就的环形跑道上杂草丛生，中间方形的足球场地彻底变成了狗尾巴草的海洋。只有主席台还保留了一丝威严。外围的铁栏杆已经拆得差不多了，我和姑娘随便找了个缺口，走到了跑道上。她低头，无聊地用鞋尖踢一块大煤渣。她这样让我感觉怪亲切的。小时候我也这么干，把白球鞋前面都踢脏了，家里人骂我费鞋，跟小混混没两样。

"这里的跑道让我想起了土星的光环。"她说，"不过这个操场是干什么的呢？做广播体操用的？"

她居然也知道广播体操。

"开运动会或者全市人民大集合就用这里，不过用处最大的还是公审大会。一旦开公审大会，不但操场上，连围栏外面都站满了人，有的孩子还爬到树上。看见那个主席台了吗？有点像古城墙的城楼吧。"

"没见过古城墙。"她摇了摇头，"外太空看不见这些。"

"城楼下站着一排犯人，法官就站在主席台，用高音喇叭宣读犯人的罪行和审判结果。当然通常是死刑，枪决，立即执行。犯人们脖子上挂着涂了大红叉的牌子，低垂着脑袋，从卡车上被武警押下来，然后又押上去。卡车开上人民东路，再开上人民西路，然后是人民南路和人民北路，绕市中心一圈以后，从泪街开出石城，在城外的矿场执行枪决。"

"判刑的都是些什么人呢？"

"年轻人，有的是小混混，有的是大混混，也有贪污犯和杀人犯什么的。记得有一个年轻的小混混，因为羡慕别人有自行车，就去学校里偷了一辆永久牌自行车，结果当场被抓住了，可能还犯了别的什么事，很快被判了死刑。"

她打了个寒战。

"我不想听这些。我感觉很不好。"

我还以为她想听这些，旅游的人不都是想听这些吗？当地的风俗人情和历史典故。不过我说的只是我的记忆。那个记忆中的石城，有很多人的，很多年轻人的，很多年轻小混混的地方。

"接下去，你想去哪里？"

"我有点走累了，"她说，"能找个地方坐一下么？"

但我也不知道哪里能休息一下，我好久没回来了，这里现在都没人了。中心广场对面本来是石城中学，是这里最大的学校了。可是年轻人都离开了这个城市，所以学校里早就空无一人，校门向两边敞开着。门左边是原来的文化宫。文化宫现在也不在了，只有底层开着小门面，上面写着"超市"两个字。走到跟前，发现这家店虽然号称超市，实际上也就是个杂货铺，什么都卖一点，从五金小件到火腿肠方便面，从洗发水到饮料酒水。店主也在，一个脑袋形状怪异的老头在柜台上摆弄一台杂牌收音机，不时调一下频道，电台发出语焉不详的人声，忽然有个声音亮了起来，玻璃柜面都震得嗡嗡作响："第八套广播体操现在开始，第一节，伸展运动……"

玻璃桌面上一层浮灰。我敲了敲桌子。

店主抬起头，目光在老花镜的镜片后闪烁。他脑袋的右半边瘪了进去，像是一个摔变形的鸡蛋。瘪掉的半边脑袋上没有毛发，可能是因为这一点，他看起来又怪又老。姑娘往我身后躲了躲。

我和他的视线在空中某点对峙了一会儿。

"你要买啥？"他问。

我要个打火机。店主拿出一个纸盒子，从一堆五颜六色的廉价打火机里拣出来一个绿色的。我打了一下火，没有质量问题，把一块钱的硬币放在桌上。硬币像煎饼一样陷进一堆灰里。

"附近有没有喝茶或者喝咖啡的地方？"我问。

瘪脑袋店主用手掌把一块钱和一堆灰一起扫进了零钱盒，然后用手指了指街道斜对面。我和姑娘顺着他指的方向看去，看见了五个霓虹灯大字。

星吧客咖啡

"那里以前不是个舞厅吗？"我问，"现在是咖啡馆了？"

店主再次抬起脑袋打量我，一边晃动着收音机的天线。

"哦？你以前来过这里？"

我点点头。这时收音机传出了另一个频道的声音。

"昨天……狮子座流星雨掠过地球，有流星坠入大气层……"

接着收音机里又变成了广播体操。瘪脑袋店主拍了拍收音机，举起来贴在耳朵边上摇晃。

我和姑娘走到咖啡馆的霓虹灯下面，然后"星吧客咖啡"的"客"字闪了两下，啪地冒出一股青烟，大概是报废了。进到咖啡馆里，我们才发现整个咖啡馆也差不多到了报废边缘，所有的桌椅都摇摇欲坠，咖啡的看板很像是山村小学的破黑板。环顾四周凄惨的景象，就跟刚刚有两帮小混混在这里打过架一样。整个咖啡馆唯一的优点是地方够大，也就是说足够容下更多的混混在这里打架。毕竟以前是舞厅。舞厅里以前真的经常有两帮混混打架，为了姑娘或者为了面子，或许两者都是一回事，跟公狗撒尿标识地盘差不多是一个道理。

我们在靠街的窗边找到了还能坐的桌椅。过了两分钟，服务生终于意识到我们的存在，猫着腰踱到我们桌前。

"抱歉没看见你们，今天没什么客人，所以刚才一直在开小差，玩手机呢。"服务生是个发育不良的女孩，看起来只有十五岁，手里拿着一台白色的"爱疯四"，她麻利地套上带着咖啡馆标志的围裙，"说吧，你们想喝啥，我们这里只有速溶咖啡。"

"……那还点什么？随便上吧。"

"雀巢还是麦斯威尔？"她好心地问，"麦斯威尔口感更柔和，而且雀巢的快过保质期了……"

我和姑娘都点了麦斯威尔。服务生女孩又猫着腰回去了吧台那里。

"我不是很爱喝咖啡，容易在飞行时睡不着觉。"姑娘说，"咖啡有股陨石坑的烟尘味。"

"我小时候没喝过，倒是经常喝中药。"我说，"我是长大以后才习惯喝咖啡的，咖啡的苦感有点像是中药，或者也可以说是回忆的一种味道。"

"你在这里长大的？"

"我出生在这里。"我说，"你呢？你从哪里来？"

她想了想，指了指天上，大概是说坐飞机来的。这时服务生女孩在吧台那里用力敲桌子。

"咖啡好了，自己来端一下。"

我站起来走到吧台那里，只有两杯咖啡，也用不着托盘了。

"哦，不好意思。不是我不愿意端过去。"服务生女孩小声说，"我端不动……我的腰坏了。"

"你的腰怎么了？"我问。

"很多年前砸断的……不然早就和大家一样离开石城，去南方的大城市打工了。"

我看了一会儿她的脸，忽然想起来很多年前的事。

"平时生意怎么样？"

"没有什么生意，"她说，"这个城市没几个人留下来了，年纪轻的都出去了。我一天都卖不掉十杯咖啡。"

"那怎么办？"

"晚上老年人会来这里包场跳交谊舞。白天做咖啡不为赚钱，就为了打发时间。可以认识陌生人，聊天什么的。"她说，"你女朋友挺漂亮的，一看就是大城市来的姑娘。"

"不是我女朋友，刚认识的。"我说，"我来端咖啡。"

我端着两杯咖啡回了靠窗的座位。姑娘双手托腮看着外面的大街。秋天，叶子落在水泥路面上，我想起打工后认识的一位姑娘的话，北方的秋天，就是竹扫帚扫去落叶的声音。我是石城长大的，石城是北方的城市，所以我理解她的意思。

现在又是秋天了。

"叶子从树梢上飘下来的样子很好看。"姑娘说，"它们好像慢吞吞的老太太。"

我开始喝咖啡，捧着杯子看着外面的街道。她也学我的样子。

"知道吗，"我说，"这里以前是个舞厅。"

"跳舞的地方？"

"舞厅当然是跳舞的地方，不是游泳的地方。"我说，"白天基本上都关着，到了晚上七点才开门，然后全城的小年轻都汇聚到这个舞厅来了，大多数都是混混，也有我这样的还在读书的中学生，我记得门票很便宜，两块钱。"

"舞厅里有很多漂亮女孩？"

"没注意，可能有一两个。但我那时有个喜欢的女孩，是我的同学，她是个好女孩，从来不来这种地方。"

"你喜欢跳舞吗？"

"我不喜欢跳舞。"我想了想，"而且也跳得很烂，那时大家都跳二步三步四步什么的，我一直没学会，所以没什么舞伴。就跟瘪脑袋一样。"

"瘪脑袋？"

"一个经常被大家笑话的小混混，因为太笨了，可能智力上有点问题，大家叫他瘪脑袋，个子又矮小，整个发育不良。所有人都拿他取乐。没有女孩愿意当他舞伴。也没有女孩和我跳舞。那些喜欢跳舞的女孩像逃避苦难一样避开我。再说我也不是去跳舞的。"

"那你为什么要去舞厅？"

"可能是逃避孤独吧。我在学校里读书的时候，感觉很孤独。"

我说，"可是实际上在这种地方待着对减缓孤独感没有任何帮助。到了高三以后，我就不再来这里了。因为要准备复习高考了。"

"在孤独这一点上我挺有发言权的，我好像孤独地在宇宙待了二十年。"她喝了口咖啡说，"偶尔会遇到超新星爆发，我远远地看着那烟花一样的绚烂，然后继续我的旅行。"

她真的是非常有趣的姑娘。我笑了笑。

"你为什么来到石城？"我说。

"我也不知道，这是我的旅行线路，可能这里就是我的目的地吧。是引力让我掉到这里。"她蛮随遇而安地莞尔一笑。

"这个地方早几年就破落了。矿场也关掉了，以前倒是可以来碰运气找找石头什么的。"

"石头，什么石头？"

"钻石。非常特别的钻石。"我说，"很多年前这里的名字不叫石城，人们叫这里钻石城。"

姑娘手捧着咖啡杯，若有所思地看着我。服务生女孩在吧台里鼓捣了一阵，打开了音响。音箱里响起了模糊的歌声。

"我有点明白自己为什么会来这里了。"姑娘说，"城外的矿场，就是以前的钻石矿是吗？"

"那是一个天然的大坑。谁也记不得这个大坑是什么时候出现的，直到人们在那里发现了钻石。"我说，"他们说，那是一个陨石坑，很久前有一颗流星坠落到这里，因为高热和高压，流星就变成了钻石。有个美国作家叫菲茨杰拉德的，就此写过一篇小说。我读书以后特意去找来看了，小说名字叫《像里茨酒店那样大的钻石》。真的就像一个酒店大厦那么巨大的钻石，钻石就在那个陨石坑里。据说这些钻石非常罕见，打磨以后，里面好像可以看见星光。"

"可能是因为，它本来就是一颗星星。"姑娘轻轻说。

"但在我小时候，钻石矿已经采光了。整个矿场都找不到几粒钻石了。那是上世纪八九十年代的事，钻石枯竭了，矿场关掉了，整个城市也跟着破落下来，人们陆续下岗，年轻人没有出路，混迹在游戏厅、录像厅、桌球室和舞厅，城市治安一片混乱，每个人都不知道明天在哪里。但我那时完全没有意识到这些。我正在读高中，心里有个喜欢的女孩。我用功读书，每天来到学校，只是为了能看见她。那时我们就在对面的那个中学读书。那是石城唯一的中学。"

服务生女孩在吧台后大声问我们要不要续杯。我端着两个空掉的马克杯过去。她倒热水冲速溶咖啡，把包装袋丢到吧台下的垃圾桶里。

"我觉着那个姑娘有点喜欢你，"女孩猫腰低声说，"只有喜欢一个人，你才会愿意听他说故事。"

我谢过服务生女孩，接过两杯咖啡，端了回去。

"继续说你喜欢的女孩，"姑娘说，"她是你的初恋吗？"

"是的，但仅限于暗恋。"我低头喝了口咖啡，"表白信或许写过，但没有勇气寄出去。这是个封闭的小城市，这种事情很难去想象后果，会把一切都搞糟的。我不知道她会怎么看待我，我也不知道她是否对我有一点好感。对我来说，就算整座城市都变成钻石，都不如她。"

"平时你们接触的多吗？"她喝了口咖啡，小声问。

"我们隔得很远，差不多是教室的两端。她的座位在窗边，我常常借看风景的机会看着她。她的学习成绩很好，年级数一数二。家庭条件也比一般人好得多，她的父亲是石城矿务局的局长。可是在班里她没什么朋友，上学放学都是一个人。我们两个人住在同一个方向，都会经过泪街。有时候会在路上遇到，然后默默地同行一段。每天她都在你刚才待着的那个车站等车。"

"她长什么样？"她问，"和我像吗？"

"应该很好看吧，可是我有点记不得了。那是十多年前的事情了。要是没有回到这里，我几乎不再想起她来。"我说，"我觉得你们的样子不太一样。可是不知道为什么，见到你的时候，我还以为看见的是她。"

姑娘好脾气地笑了一下，她笑起来像夜空的星星发出柔和明亮的光。我凝神听了一会儿咖啡店里模糊的背景乐，是一首摇滚乐。

"我们的交集可能还有音乐。"我说，"后来我才知道，我们都喜欢摇滚乐。你喜欢音乐吗？"

"我大部分的旅行是在寂静里度过的。"她有些难过地说，"音乐方面我几乎什么都不懂，但在一个人的时候，我经常哼唱给自己听。"

"你能听出这是哪首歌吗？"

她听了一会儿，摇了摇头。

"后来呢？你和她怎么样了？"

我听了一会儿歌。

"死了。她很早就死了。在高考之前就死了。"我说，"我说过那是个混乱的年代。小混混们很容易就死掉了，有的是死在了别的小混混手里，有的是被捉起来，枪毙在废弃的矿场。但我没有想到像她这样的女孩会死掉。我以为她会离开石城，那时她已经确定被保送到南方的大学了。"

"发生了什么？她怎么了？"

"那时整个石城都很混乱。在我们读中学最后一年的时候，这种混乱到了顶点，出现了连环杀人案。被害者几乎都是年轻的女孩，晚上一个人走在街上，被人从后面敲碎了脑袋。这就是恶名远播的石城敲头案。"

"为什么会有这种事？被害的女孩多吗？"

"受害者一共是十三个女孩。"我说，"死了七个，有六个人重伤，或者变成植物人，或者痴呆，或者残废了。你看见咖啡馆这个女孩吗？我现在才想起来，她是其中一个，不过她很幸运，凶手失手砸断了她的腰。从那以后她再也直不起腰了。"

姑娘转头望了望服务生女孩，女孩在吧台里抬起脑袋。

"还需要什么吗？续杯还是饼干？"

"不用了，谢谢你。"我说。

姑娘收回目光，低头望着杯子。

"世界上不应该有这种凄惨的事发生的。"她说。

"是的，但是世界上偏偏就会发生这种凄惨的事。我们所在的这个世界好像更喜欢悲剧。"我说，"第一次谋杀就发生在舞厅门口，当时已经散场了，那个女孩从现在角度来说就是个不良少女吧，凶手敲碎了她的脑袋，把她拖进了一条死巷。第二天早上，上学的学生发现了尸体。去舞厅跳舞的人大多认识这个女孩，因为几乎都和她跳过舞。舞厅就此关门，再也没有开张过。她是第一个受害者。"

"凶手为什么要杀她？"

"不知道，凶手也和她跳过舞吧，可能因此才会选择她做第一个目标。"我说，"受害者都是女的，所以这些谋杀里很大程度上含有性的意味。那个罪犯是个很变态的家伙，下手很重，几乎都是一击必杀，敲碎头骨。把受害人身上的钱和手表都拿走，但那些钱实在是微不足道，所以我觉得他根本不是为了钱。"

"为了什么？"

"只是心理扭曲了，想杀人而已。就像在一个又黑又深，又爬不出去的井里，他因为无聊，空虚，绝望，将井里的一切都毁坏掉，来获得一丝满足感。当然这只是我的推测，也许根本就是有另外的原因，但现在我们都不知道了。"

"他伤害了十三个女孩……"姑娘犹豫了一下，小声问，"那你暗恋的那个女孩……"

"她是第十三个。有一天下晚自习，她一个人在泪街车站等车。凶手敲碎了她的后脑。她当时没有死掉，在医院昏迷了一个星期后才死的。"我说，"那天晚上我本来是想跟着她到车站。那段时间我一直都跟在她后面试图保护她。但是我被留下来打扫卫生。只耽搁了几分钟，但一切都来不及了。这也是最后一起敲头案，因为那天晚上凶手就被捉到了。"

"凶手是谁？"

"一个智力有点问题，看起来发育不良的小孩。所有人都拿他取乐，叫他瘟脑袋。"我说，"被抓到的时候，他看起来一点都不害怕，拿着一把铁锤，对着周围人龇着牙笑。"

"你认识他？"

我点点头。

"这是个小城，大家在某种程度上几乎都相互认识。算起来他和我念同一个小学的，算是小学同学吧。抓到他以后，很快就判决了，一切就都结束了。"

"那个女孩，你喜欢的那个女孩，真是很不幸。"她说。

"我觉得她的死亡代表了一个时代的结束。既是我青春期的结束，也是石城一个时代的结束。"我说，"很快我就去了南方的大学读书，后来就没有回来过。而石城的年轻人，也从那时开始，逃离了这个地方，尤其是年轻女孩。没有了女孩，就没有了希望。这个曾经出产钻石的城市，已经死了。留下来的只有贫穷和绝望，没有未来。我读完了大学后，就留在了南方的城市。已经有十几年时间，时间久得连我都忘了自己是哪里人了。"

"那你为什么现在又回来了？"

"我不知道，这十多年，我好像一直都在做梦一样，在长久到无法醒来的梦境里，我一直想起过去，想起这座我早就离开的城市。我没有觉得这里是我的故乡，哪里都不是我故乡。我只是在做梦时想起它，想起那个过去的时代，想起那个悄悄死掉的女孩。我休了个长假，不知不觉买了开往这里的火车票。也许我是想再到这里来看看，看看北方的秋天，看落叶飘满街道，看看我曾经喜欢的女孩消失的地方。这些年来，我一直在思考，人的生命是怎么一回事，那么脆弱，那么可怜，就像流星一样一闪而逝。"

我低下头，停了一会儿。

"人的生命就跟流星一样，一闪而逝。不管你怎么追寻它的光芒，它最后都会消失在黑暗的星空。"

她嗯了一声。

"流星的生命就跟人一样，始终是孤独的。我们跟随着命运的脚步，来到不可知之地，迎接不可测的命运。"

我们沉默下来，听咖啡馆里不可靠的音响里播放的不可靠的歌曲。直到此刻我才听出来这是什么歌。

我想知道

流星能飞多久

它的美丽是否

值得去寻求

"流星……"我说。

"你叫我？"

"我是说这首歌的名字，你听过这首歌吗，原来是 Coldplay 的 *Yellow*，但我更喜欢郑钧的这首翻唱，他把这首歌起名为《流星》。"

姑娘听了一会儿，轻轻哼了起来。

"我很喜欢这首歌呢，就好像是为我写的一样。"她说，"我完全能够理解这首歌，因为啊，我就是一颗流星。"

"你说什么？"

"我说，我就是一颗流星。"

我沉默了一会儿。

"你是在开玩笑吗？"

"这是真的。我飞了很远的距离才来到这里。在你和我说这些之前，我也不知道自己为什么会来这里。直到听完所有的故事，我才明白是为什么。"

"为什么？"

"这是我的命运。我会在这里遇见你。"她说，"世界上有很多的女孩，就和宇宙里有很多的流星一样。"

我记得自己是在车站碰到她的。她的样子有些迷茫，就好像一头迷路的小鹿。无论从哪个方面来看，她都和这个小城市格格不入，石城无法容纳这样一个姑娘。这样的姑娘只会待在一个小城男孩永远的梦幻里。可是我已经不是什么容易做梦的孩子了。我早就离开了黑乎乎的街道，用外面世界的自来水洗干净了脸和手。

"当然，这里没有人知道我是一颗流星。从星光的等级上来说，我是中等亮度的，现在我刚成年，所以这次是我的成年旅行。"

"你多大了？"我问。

"换算成你们的时间，大概是二十岁吧，"她说，"你觉得我太小了吗？"

"不，我觉得你正好。"我说，"你看起来就是二十岁。"

她笑了起来。

"可是……可是为什么大多数流星都成了陨石，而你却是个女孩？"

"因为她们都坠落了。就像城外那个陨石坑，也就是你们说的钻石矿，那应该是我的同类，可是她消逝了。"她低声说，"只有活着的星星才会是女孩。"

姑娘举起胸前的吊坠给我看。

"你看，这是我的星光。"

她的星光比所有的钻石加起来都要明亮。我看着她，她身上散发出璀璨的微光，犹如彩色的标本一样浮现在黑白的背景里。咖啡馆破旧得好像是百年前的建筑，说不定真有这么旧。很多年前我还是个男孩时，一个人站在舞厅里，激光灯在头顶转个不停，一束束光点像刀子一样落在人们的身上。现在没有激光灯了，可是我仍然感觉有点眩晕，忍不住深深吸了口气，闭了一会眼睛，好让她的光芒在我脑海里褪去。她是那样醒目，仿佛一颗星星坠入了蓝色的大气层那样周身明亮。

"可以抽烟吗？"

"当然可以，我不反感烟味的，因为闻起来很像是在大气层里燃烧的味道。"

我在身上摸索了一会儿，只找到了打火机。

"我要去对面买包烟，你能在这里等我一会儿？"

"好啊，等你回来，我要告诉你关于星星的一切。"

她垂下眼睛，低声说了一句话。

"你在说什么？"

"在星星的语言里，这是一句祝福的话，"她说，"希望宇宙里所有坠落的星星，都能找到夜空的归宿。"

我起身离开咖啡馆，走到刚才买打火机的小卖部。小卖部的店主还在那里听收音机。我要了包中南海，他弯腰从柜子里给我找烟。我一边等着，一边看着货架上待价而沽的小商品，看起来确实没什么人买。货架上一层灰。

"那个拿给我看看。"我指了指右边的位置。

店主瞥了一眼，和烟一起拿了过来。

"这是工艺品，镀银的手工锤。"他说，"以前采钻石用的，现在卖给游客做纪念品。"

我拿在手里掂了掂，锤子很小，银光闪闪的，看起来挺精致的，不过也只能做纪念品，派不上什么用处。真的矿工锤比这个要大很多，也重很多。

"这个我也要了，"我说，"一共多少钱？"

"你为什么要买这个？"店主问。

"纪念品，买来送人。"

店主斜着眼看我，看了一分钟。

"我想起来你是谁了。你是那个男孩。"他忽然说。

"什么那个男孩？"我说，"我不明白你在说什么。"

"敲头案，十几年前石城有名的连环敲头案。你是敲头案最后那个受害者的同学，后来顶替她保送去了南方的大学。你就是那个男孩。我记得你。"

我抬起头，静静地望着他形状怪异的光脑袋。

"就算我是那个男孩，又怎么样？"

"他们说，保送名额只有一个。你是全年级学习最好的人，但是那个女孩的爸爸是局长，如果没有出事，她会被保送进大学。"

"你到底想说什么？"

"虽然那个变态枪毙以后，再也没有人被敲头了。可是大家都觉得，凶手仍然游荡在石城的街道上。"

我继续注视着店主的光脑袋。它奇怪的形状让我想起那个瘪脑袋的小混混。我一直在想，究竟那个罪犯是因为脑袋是瘪的才这么变态，还是因为是遗传了瘪脑袋和变态才变成了罪犯。不过归根到底，他也是石城的孩子，就和我一样。

"如果你真的想知道，那我告诉你，我就是那个男孩。"

"我就知道。"店主嘀咕说。

"而且我确实保送去了南方的大学，这是当时能够离开这个该死的地方的唯一的办法。"我说，"我去了南方的大城市，先是读书，然后留下来工作。这十几年来，我从来没有回来过，一次都没有想过。如果你想知道为什么，我告诉你。因为我一直很害怕。每一个晚上都很害怕。我害怕回到这个该死的地方。每天晚上我都觉得有人在跟着我，有把榔头随时会敲在我的脑袋上。我就和所有出生在石城的年轻人一样绝望，最后我们都离开了这个噩梦般的故乡，并且再也不愿回来。"

"但是现在你回来了。"他说，"也只有你回来了。"

"因为我不害怕了。我意识到这件事有多么荒谬。"我把那把工艺品小锤拿在手里，看着店主的眼睛，"我已经回来了。我已经不是个孩子了，我可以做任何我可以去做的事。如果有人要敲我的脑袋，如果有人想要敲碎我守护的东西，如果有人想从我这里夺走什么，我一定会用种种方式，反过来敲碎他的脑袋。不相信尽可以试试。"

瘪脑袋店主和我对视了一会儿，垂下了眼睛。

"不管怎么样，那些都是过去的事了，我们没有必要为过去的事争吵。"

他像垂死的老人那样叹了口气。低下头继续给我找烟。

这时，玻璃柜台上的收音机响了起来，信号不良的沙沙声。

"俄罗斯……科学家在西伯利亚东……发现了刚坠落的……陨石……罕见的……价值数亿美元……"

沉默。

"这是昨天夜里落下的几颗流星里的一个。"店主说，把一包中南海搁在柜台上。

"是么，那又怎么样？"

"你知道她是一颗流星吧？"他的眼睛在镜片后闪烁，"我是说那个和你一起的姑娘。"

"你在说什么？"

"世界上不可能有这么漂亮的女孩。我看见了她的吊坠。那块吊坠里，有她的星光，和昨天夜里的流星一样色彩的光芒。"店主说，"我就是靠这个认出来的。要知道，很多人都在找掉下来的流星，有很多想要改变命运的人，都想要找到昨天夜里那颗落下来的流星。也就是你身边的这个姑娘。"

"你疯了。"我一个字一个字地说，"你们都疯了。"

"所有石城人都是疯子。只是原因不一样。有的人是因为钱，有的人是因为变态，有的人是为了别的摸不着的东西。"他说，"你呢，你是哪种疯子？"

我把钱扔在柜台上，拿起那包中南海。店主收起钱，将一个核桃放在桌上，拿起另一把小锤。

"听着，活着的流星是不值钱的，"店主压低声音，"只有陨石才值大价钱。你明白我的意思吗？"

他甩起锤子。啪地敲碎了核桃，仿佛敲碎了一个脑壳的声音。

我把烟和工艺锤都放在口袋里，转身往街对面走。

我向对面的咖啡馆走去，秋天的落叶落在我的身边，好像能够听见落叶被竹扫帚扫走的声音。远远地就能看见坐在咖啡馆窗边的姑娘。我望着她，内心有一些忧伤。

越是走近咖啡馆，那首歌就越是清晰。我想知道，流星能飞多久，幸福能有多久。我想起来许多个漆黑如噩梦般的夜晚，想起那些夜晚的流星。那些流星美得让人心碎。在那些夜里，我像信仰神灵的古人一样，对着星光许愿。我想起那些一去不复返的青春，那些一去不复返的小城男孩和那些一去不复返的梦。当梦醒的时候，我茫然地站在街道上，不知道自己为何在这里，舞厅里已经没有人在跳舞，只有音乐流淌在黑夜。我想起窗边的身影，想起我跟随在那个孤独的女孩身后，她在车站上落寞地等待着仿佛永远不会来的班车。她回过头，仿佛看见我了，露出了微笑。

我看见了那个如同流星般的姑娘。她看见我回来，对我笑了起来。愿所有坠落的星星，都能找到夜空的归宿。

我向她走了过去。

祈雨娘

在雨中跳舞的，从来都是同一个少女。

那个叫雨城的孩子告诉我关于祈雨娘的故事。

我们住在一个总是下雨的小城。很久以前，第一批流离失所的人来到这里，因为下雨而停下。雨水一连下了三个月，直到人们决定在这里定居下来。很快第二批背井离乡的人来到这个下雨的地方。渐渐地，这里就成了一个城镇，因为经常下雨而得名雨城。

雨城的雨水充足，一年三百六十五天有三百天在下雨，剩下的六十五天等待下雨。下雨的时候这个城市分外润泽和干净。每一条街都因为雨水的洗刷而透亮，人们都被赶进了屋子里，听着雨点打在屋顶的瓦片或者竹片上。在非常安静的雨天，仿佛可以听见某种特别轻的脚步，轻轻踏入雨里。这时人们就知道，这是祈雨的舞蹈开始的声音。

成年人默守着某种古老的规矩，从来不在雨城母亲跳舞时站在窗口观看，只有小孩子不忌讳这个，他们会很痴迷地看着舞蹈，然后对雨城说，雨城，你妈妈又跳舞了。

　　并不是每一场雨都会有祈雨的舞蹈，只有祈雨娘拥有祈雨的灵感。当她觉得需要进行祈雨的仪式时，她就会走到雨中，从一名美丽的女性变成和自然力量沟通的使者。也许在更多人看来，祈雨娘就是来自古代的女巫。不过和所有女巫不同的是，她祈求的不是晴天，不是来年的丰收，不是抚慰已死的人，不是诅咒也不是预言。她所祈求的，是雨水本身。

　　雨城是所有人里最先感觉到祈雨开始的人。她默默抬起头，一动不动地凝视着雨幕，脸色比平时更加苍白，她的四肢有小幅的摆动，就像风吹过了她身体的湖面。但在人们察觉到之前，她已经控制住自己，收回了望向窗外的视线，把头深深埋在课本里。这时我们才发现祈雨娘出现在雨中。在窗口的孩子会一直望着祈雨的过程，因为这个过程有撩人心魄的美丽，对我们这些孩子来说，祈雨娘的祈雨舞蹈，是平庸生活中少见的美妙事物。有时就连上课的老先生，也会忍不住从讲台上往雨中观望。

　　外地来雨城的人往往对雨城的妈妈感到吃惊。有个上海来的书记员说，比我们上海的姑娘还要漂亮。雨城人对上海书记员的话嗤之以鼻。废话，这是我们的祈雨娘。在雨城人看来，雨城的母亲当然是最美丽的女人，每一代的祈雨娘都是。

我的妈妈常常在家里说，她年轻时以为自己能成为祈雨娘，可是祈雨的使命却没有降临到她身上，雨神选择了雨城的妈妈，甚至不管她是一个嫁去外镇的女人。祈雨的能力是天然继承的，无法后天学习。不能当祈雨娘，对我妈妈而言简直是毕生的遗憾。"我没有从上天那里继承祈雨的能力，"妈妈对我说，"所以我只能当你的娘，而不能当祈雨娘。"

我和雨城第一次说话是在我家的修伞铺。这是个常年下雨的地方，所以这里出产的雨具远近闻名。我爸爸是附近几条街手艺最好的修伞匠，不但修伞，也自己造伞。他用青色的竹子做成伞骨，用质量上乘的月白色油布做成伞面。有人为了买他的竹伞，从河的下游坐了七天的船来到这个小城。不过也有人说那个来买伞的人其实是为了看祈雨娘。那天女孩雨城来我家的伞铺，我以为她是来买我家的竹伞。父母不在，我一个人看着铺子。我在无聊和茫然中看着一个瘦小苗条的女孩走向这里，一直走到我面前。

"我来拿伞。"她轻轻说，"我妈妈的伞。"

在不祈雨的雨天，祈雨娘也是打伞的。不过她拿来修的伞不是一般的雨伞，那是一把颀长的竹伞，是我的爸爸特意制作出来——以三年青的第一支青竹为材料，作为祈雨的道具交给祈雨娘使用。这把伞也被称为除厄伞，在狂风暴雨的天气，祈雨娘在跳祈雨之舞时，会打开它，以抵御降临人间的厄运。竹伞每每被暴雨摧垮，然后由我爸爸修复。现在这把伞已经修好了，用报纸包了起来，放在桌子下面。我找到竹伞，交给雨城。她像抱一个布娃娃那样抱着很大的竹伞，有点可怜的样子。为了抵消这种感觉，我打开饼干盒捧在手上。饼干盒里有御寒除湿的姜糖。她看了看我，垂下目光，然后默默地抓了一片糖，放进嘴里。

每一次伞坏的时候，都是雨城抱着伞来修。她来修伞的时候几乎都会遇到急雨，于是就留在铺子里一会儿，喝茶或者吃糖。我们在学校里从来不说话，只有修伞时像一般的朋友那样交谈。她问我会不会做同样的竹伞。我说我从小就是做伞的学徒，爸爸说，等我小学毕业，就让我正式在铺子里做事。然后雨城就以一种忧虑的目光看着地上的雨水。

"我爸爸不是雨城人，我妈妈嫁给他，可她还是回来了。"她说，"来的时候，祈雨娘说了，今天会有急雨，但是在我喝了三口茶以后，雨就会停下。"

她捧起茶碗，喝了三口茶。我看着外面的雨像是忽然断了气，一下子没了。

"我不是我妈妈。"

她放下茶碗摇了摇头，好看地笑了笑，抱着伞走了。

我们小学的最后一年，老先生回山上去了，大人说先生"仙去"了。学校在操场上办了追悼会，追悼他还俗后当老师的人生。那天微雨，焚香的烟气在雨芒中上升，仿佛仙人的魂灵，一直融入山后的清透天光，消失不见。

先生走了后，学校有半年找不到老师。我们小学差不多毕业了，然后在同一个教室等待中学的开始。夏天雨多且急，是卖伞的好季节。可是书本却容易沤烂。

新的先生在一场夏雨后来到了雨城。他是个年轻的读书人，听说从师范学校毕业，分配来这里。他把我们一个一个找回了学校，开始给我们上中学的课程。新的先生更喜欢干爽。他皮肤因为湿润的雨气都皱了起来，骨节颜色发白。有时候他在上课时也会抱怨，然后我们都嘻嘻而笑。

我们重新回到学校后雨水连绵了十天。在第十一天，先生在雨声中给我们讲述古代的诗歌。雨点的节奏变了，雨声变成了某种仪式的一部分。他在讲台上往外看，看见白布长裙的女人在雨中跳舞，那舞蹈犹如雨天的一部分。他望了一会儿，干脆直接走到屋檐下，望着远处的祈雨娘，衬衫都被打湿了。

祈雨娘赤足走进雨里。她跟着雨点的节奏，有时快，有时慢，有时静止地立在那儿，慢慢地旋转身体。通常她都穿着干净的白布长裙，在雨中湿透以后，如同披了一匹干净的水裙衫，像是昆曲里女旦的素衣。从雨城有了第一个祈雨娘开始，雨中的白裙就没有改变。有时候雨城人会觉得，在雨中跳舞的，从来都是同一个少女。

祈雨娘在雨中驾驭着自己的身体，有的时候下的是小雨，有的时候下的是瓢泼大雨，有的时候雨水细密如丝。她的舞姿总是配合着雨势，又或者是天降的雨，总是配合着这个跳舞的人，她仿佛通过操控自己的肢体，来操控着世间的雨。她的动作如果细慢，雨就温柔；她如果绵密，雨就屏蔽了天地；最癫狂的舞蹈会召唤来最癫狂的雨——如同天上的雨神都凭依着这个跳舞女人的心意。

先生打开自己的伞想去帮祈雨娘遮雨。祈雨时是不能被打扰的，祈雨娘不需要遮雨。我们只好告诉他。先生如果不信，可以问雨城。雨城是祈雨娘的女儿。

"她是你妈妈？"先生问雨城。雨城慢慢点了点头。

"雨城的祈雨娘和日本的扫晴娘很像呢。有一首关于扫晴娘的童谣。"他念给我们听，

"扫晴娘，扫晴娘，但愿明天是个好天气。如果是这样，就给你个金铃铛。扫晴娘，扫晴娘，但愿明天是个好天气。如果是这样，就给你美味的酒。扫晴娘，扫晴娘，但愿明天是个好天气。如果不这样，就把你的头割下。"

最后一句有点吓人。大家不约而同看了看雨城。

雨城脸色一白，目光就低垂了下去。

没有人觉得先生会永远留在这个学校。他不是雨城人，也不像老先生是个下山还俗的老道。雨城说，先生许愿留下三年，带一届学生。等到新的师范生来到这个小城接替他为止。据说在南方的海

边，有一座刚造起来的城市。他也许会去那里。

先生来了以后，几乎就没有离开过，寒暑两假留下了，就连过年也没有离开。这里冬天有冬天的雨水，春天有春天的湿润，夏天有夏天的潮气，秋天有秋天的霜雨。这里有雨中跳舞的女人。

她祈求悲苦的雨，化成安详的雨；祈求受难的雨，化成温和的雨；祈求凄厉的雨，痛快下起；祈求郁结云端的不幸，化成连绵的雨水消逝；祈求这世间男女的离别伤悲，化成润泽祝福之雨水。雨水从天上下到地面，汇聚成河流的源头。这些河流一路向东，滋润着流经的所有土地。雨城是周围世界的雨眼，而祈雨娘，则在雨眼中舞蹈。

先生看了三年时间。到了第三年，我们这一班孩子的学业已经到了尾声。在领了初中毕业证后，有的足够年龄去当兵，有的会去外镇的工厂做学徒工，有的会成为河流上漂泊的年轻的渔民。女孩子会帮家里做事。很少有人会去下游的中学继续读书。有人说，祈雨娘的女儿是下一个祈雨娘。我学会了制作竹伞的手艺，并且做出了人生第一把青色的竹伞。在雨城离开修伞铺的时候，我把这把单薄的竹伞送给她。她会用它来遮雨，不管她在哪里。

先生走的那天，人们意外地看到了雨城。雨城带着自己的包裹，跟在先生身边。她的妈妈一直送他们到镇外的码头。她穿着祈雨的白裙。然而那天没有下雨，祈雨娘也没有跳舞。

雨城说，妈妈让她跟着先生去外面的城市，继续读书，读中学，读大学。我远远地看见雨城在码头上和她妈妈告别，现在她的个子已经和祈雨娘差不多高。她上了船，打开那把青色的竹伞。先生和雨城的妈妈说了很久的话，很久以后，雨城的妈妈还是摇了摇头。先生提着行李上了甲板。我看着那把青色的竹伞，由船载着渐渐远去，融入了雾里。然后他们就离开了雨城。

雨城的妈妈没有离开。只有当她不再是祈雨的女人，她才能去别的地方，去和女儿在一起，去和她真正想在一起的人在一起。祈雨娘只有在最美好的岁月才能祈雨。不再是祈雨娘的女人，会褪去某种光彩，从此消失在平常街巷中，成为某户人家的普通妇人。人们并不因为她过去的身份而过多在意。事实上人们很快就会忘记上一代祈雨娘的模样。人们记得雨城母亲，因为她是雨城最后一个祈雨娘。

先生和雨城没有回来。祈雨娘仍然在祈雨，等待下一个祈雨娘的出现，然后，她就不用在雨中跳舞了。可是这么多年过去，除了她以外，没有人再拥有过祈雨的能力。也许是报纸和电视上说的那样，新的时代到来了，一切都在发生改变。

我们越来越少看见祈雨娘在雨中跳舞。因为雨城的雨水越来越少。越来越多外地人来到附近开山砍树，涸泽而渔。听说在河的下游筑起了发电的大坝，有一些像我们一样古老的城镇都搬空了。外来的施工队改变了雨城，他们架桥铺路，建造高楼。这些改变在几年时间里渐渐发生。他们对祈雨娘的兴趣大过对祈雨的尊敬，仿佛是观看表演一样，兴高采烈地围在周围，破坏了我们关于祈雨的古老规矩。

一定是雨神发怒了。那一年连续下了半年的暴雨，冲垮了山路和河道。但暴雨无法阻止那些人，更多外地人出现在了雨城。于是，雨城的雨水就渐渐消失不见了。

雨水消失以后，雨具这一行就衰败了。和山里的竹林一起枯萎的，是我家的竹伞。我的父母关掉了修伞铺，把铺面转给了外来的商户。那些外来的商户用雨城的店面，开商场、发廊和卡拉 OK 厅。像我这样的年轻人，已经没有办法留在这个城市。于是我和很多伙伴一起，从码头坐船，去了下游的河城，再坐火车，到更繁华的城市。更繁华的城市需要我们这样的年轻人。我们能够提供廉价的力气。

我在工厂的流水线做过计件工，在建筑工地上搬过砖头，也扛过桶装的饮用水。待过的几个城市毫无例外地很少下雨。我的皮肤因为失去水分而干裂，粗糙的外表让我显得比实际年龄老了很多。只要有条件我一天可以洗三次澡，好让身体湿润一些，有几次因为这个被包工头赶走。半夜我睡在澡堂里，身边有同样皮肤干裂的女孩。

自从我们离开以后，雨城已经多年没有下雨。没有了雨水，雨城就不能住人了，那些外地人纷纷走了。留下一个破败和残缺的小城。没有了雨，就没有了祈雨娘。祈雨作为一种仪式已经消失。这已经无关紧要，听说河流的下游建造了大坝，这个地方会沉到水底。

在离开雨城以后，我去过下游的河城，但在那里的中学里没有雨城的名字。我路过先生的家乡，那里的空气里飘散着油墨的香味，有很多的书店和年轻的读书人，可是先生不在其中。后来我和很多年轻人去了那个异常年轻的南方城市，那里需要年轻人就仿佛下雨需要雨伞。我在那里没有遇到先生，没有遇到雨城和她妈妈。她们像是消失在我路过的每一座城市，我看不到她们。我还记得下雨的时候。当雨水消失以后，所有的雨水都在怀念雨城。

她的母亲出生在那个总是下雨的地方，她在童年时曾经梦想成为那个在雨中跳舞的人，雨城人叫这个跳舞者为祈雨娘。小城街头到处有卖用白布、炭木和稻草做出来的祈雨娘布偶，让人想起东瀛的晴天娃娃。不过这里是雨城，雨城的祈雨娘是独一无二的。"我想起了我的妈妈，"叫雨城的女孩说，"我常常记起她在雨中舞蹈的样子。"

"你妈妈的名字？"我问。

"我和别人一样，叫她祈雨娘。"雨城说。

"祈雨娘说，就要下雨了。"

长夜行

白色的尸体在寻找它们的王，

黑色的末日随着月亮而来。

1

乔恩走在残破的步行街上。这里曾经是城市中心最繁华的街道，现在却人烟绝迹，满目疮痍，硕大的广告牌把大理石地面砸得坑坑洼洼，到处是玻璃碎片和水泥残骸。只有那些怪物隐藏在每一片废墟后面。人们以前戏称这里是魔都，现在这里真的成了妖魔横行的地方。不过全世界都一样，没有任何地方能够幸免。就跟温室效应和经济危机一样，他在心里想，说不定真的是一回事。

他对了对腕表上的时间，现在是北京时间下午两点整。手表是从一个丧尸化男人的手臂上摘下来的，生前可能是个富二代，脑袋被猎人锤扁了。变异后的怪物会怎么看待时间呢？乔恩不知道，他还不是丧尸，还没有完全白丧化。

现在离怪物出没还有四个小时。它们大多数还躲在地下，可能是半睡状态。城市下面四通八达的地铁隧道是它们的最爱。乔恩在建筑物的阴影里看到过它们的身影。它们没有捕猎他，也许还没到餐点，也许是在为夜晚的活动节省体力，最后一种可能是它们模糊地感觉到了眼前的既不是人类，也不是自己的同伴。怪物们很谨慎。就跟他一样。

走到现在他只看见了一条死去的地狱犬。犬尸的骨骼已经增生到了体外，就好像套了一层白骨盔甲，不知道是死于猎杀还是变异失败。他倒不害怕地狱犬，地狱犬无法感染人类。现在野生的地狱犬好像也消失了。它们吃光了腐烂的尸体后，面临着和人类一样的问题，食物。

这也是乔恩的问题。虽然这里是魔都，但经历了三年灾难，所有的商店都被洗劫过数十次，现在货架上已经找不到一点口粮，连添加三聚氰胺的奶粉和含有塑化剂的方便面都没有留下一包。大部分人一定不是被病毒杀死的，而是躲在家里饿死的。他阴郁地想。他甚至认真考虑了地狱犬能不能烧烤的问题。为了保险起见，他用消防斧劈掉了尸体的脑袋，这样无论病毒怎么变异都不能复活它了。

两小时后，他在一家便利店的仓库里找到些吃的，在天黑前赶回了宿营地。宿营地以前是歌剧院的小剧场，灾变后改装成了临时避难所，剧院本身就隔音，大门和窗户都加固成保险库的级别。铁门和大理石墙上遍布抓痕，不知道是人类还是怪物留下的。在乔恩入住的时候，有两枚残缺的门牙还嵌在门把手的木头上，简直跟护身符一样。至少女孩是这么觉得的。

"是你吗，"门背后有个小小的声音，"小乔乔？"

"是我。"他说。

小女孩给他开门。

"你应该唱歌的……这是暗号。"

"我不会唱歌……我以为暗号说的是你的名字。"他进到剧场里，关门上锁，"药博士怎么样了？"

"还是老样子。"

孩子退到老人睡觉的地方，悄悄帮着掖了掖被子。

"我……还是老样子……"老人喘了一会儿，说，"你们别用博士笑我了……我就是个卖假药的。"

"卖假药也是博士。"她小声嘀咕，问乔恩，"你找到吃的了吗？小乔乔？"

"我找到了两箱速食面，还有压缩饼干。应该够吃几个星期了。今天先带回来这些。"

"你真了不起，小乔乔。"

他扔给她一包苏打饼干。孩子吃饼干的时候，他扶药博士坐了起来。

"吃的已经有了。我们照约好的那样，开始注射血清吧。"老人说。

乔恩点点头，拖过那个保险箱，打开来。保险箱里有三管注射器。每根针筒里都有一管血红的液体。

"打在哪里？"乔恩拿起第一支针筒，问。

"我……自己打。"

博士右手接过针筒，扎进了左上臂，将针剂推进体内的时候，头上的白发都在颤抖着。室内能听见老人粗重的呼吸和小孩嚼饼干的声音。

注射以后，老人一下子安静了下来。

"要多久才能知道结果？"

"七十二小时。"博士闭上眼睛，说，"也许不用这么久就知道有没有用了。反正我也活得够久了。"

"博士爷爷吃不吃饼干？"孩子在一边小声问。

"他要休息一会儿。"乔恩说，"你今天又学了什么？"

"博士给我上了生物课和历史课。"女孩说，"他讲了怪物的起源。"

"怪物的起源？"

"所有的怪物都是由人类感染白丧疫病毒变异来的。白丧疫病毒是一种介于流感病毒和孢子病菌之间的生化体病毒，这种病毒在人体内潜伏一段时间以后，会引起人类变异。变异后的人失去理智，像死了又爬起来的丧尸，也就是大家说的白丧化。不过变异后也会产生不同的种类。"女孩一边嚼着饼干，脏乎乎的脸上，眼睛仍然明亮，"这一切都发生在几年以前，我说的对吗？"

是两年以前，乔恩想。第一个感染者被火刑烧死，是在两年以前。

但他没有纠正女孩的说法。

"别吃饼干了。我来做晚饭。"乔恩对她说，"接下来几天，我们就待在这里，哪里都不去。"

"我听你的。"女孩乖巧放下饼干，在裙子上擦了擦手，问，"需要我唱歌吗，小乔乔？"

2

在失眠的夜晚，乔恩会一遍一遍回想以前的日子，假设没有这场灾难，他会过着怎样的生活。两年前是2012年，他已经从大学毕业了几年，在一家合资公司当白领，做着自己也不了解的工作，下了班就是宅男。不知不觉间就变成了大龄青年，然后等着相亲。如果那样的生活到了现在，他应该已经结婚了，说不定已经有孩子了。当然了，他的孩子绝对不会叫他什么小乔乔。

乔恩是他的名字，只有初恋的女友在亲热的时候叫他恩恩。她说，恩恩啊，我们嗯嗯吧。他们是大学同学。毕业以后他工作，她去美国读书，本来以为可以异国恋，但实在维持不下去。分手以后各自又有了男女朋友。大概就是这样。只不过分手过程比想象中痛苦一百倍，跟这种痛苦相比，似乎被白丧病毒感染也不过是这么一回事。

第一例报道的病毒感染者出现在美国纽约州，在卡内基音乐厅发病。咳嗽，发热，头痛，然后是肌肉抽搐和大脑失控，体液急速流失。医院方面初步认为是食物引起的，和疯牛病差不多。但病毒很快就变异成高致病力毒株。感染的表征已经标准化，先是典型的流感症状，然后是身体表层的白化和内部的变异，心脏停止跳动，属于人类的生命体征停止。世卫组织将这个病毒命名为"白丧疫病毒Ⅰ型"，连续发出五级警报。从纽约开始，几周之内，整个北美成了白丧疫的重灾区。

乔恩从电视新闻里看到了纽约的疫情，于是给她打了电话，这才知道她一个月前就回来了，在纽约变成隔离区之前。

他们在咖啡馆见面。名义上他是想了解美国那边的情况，实际上只是想见到她。她是他的第一个女朋友，在大学里共度了三年。乔恩觉得那是自己人生里最快乐的时光。就算在她离开以后，他还是会想起她的声音。恩恩，她轻轻在他耳边说，我们嗯嗯吧。

"新闻管制，脸书和推特都被封锁了，不过美国政府做得不够专业。得了这种病的人，死了以后……变成了怪物，我亲眼看见一个怪物从医院里跑出来，他像啃西瓜一样啃活人的脸。NYPD[①] 用火烧死了它。"

"听起来像是好莱坞的恐怖电影。"

"好在我提早订票回来了。回来就不想走了。"她想了想，"乔

---

① NYPD: New York Police Department, 纽约市警察局。

乔，你现在过得怎么样？"

"没变化。"

"一直单身？"

"我是个宅男。"

她捧着杯子看着他，咳嗽了一下，轻轻笑了起来。

他去西部的小县城出差了两个星期，旅馆几乎连不上网，唯一的娱乐是看电视。新闻滚动播出北美的疫情，这不是普通的瘟疫。病毒把人变成了丧尸一样的怪物。大部分北美城市已经陷入混乱，街头上随处可见变成丧尸的人类。几乎没有人幸免。不管是纽约，洛杉矶，还是芝加哥，现在都变成了丧尸之城。那些东西在猎食活人。

"我想你。"他用一小时写了三个字，按了发送键。然后看着电视上的药物广告，某个医学博士声称研制出能够预防病毒的特效药，在网络和电视上大打广告。专家们纷纷赞叹或反对，激烈的辩论节目。十分钟后他收到了她的回信。

"我也是。"她说。

病毒在全世界范围引起恐慌，一周内席卷了沿海的大城市。病毒通过空气传播，人群密集地区成了疫情的重灾区。几乎所有疫区城市都发生了暴乱。暴民们冲进医院，到处寻找疑似感染者，把病人拖到街上殴打。

魔都是最后几个出现疫情的城市之一。乔恩赶在航班停运前飞了回来。城市已经基本陷入瘫痪。一下飞机他就给她打电话。狂乱的气氛弥漫在城市上空。那些狂热的人高呼着口号，仿佛患了狂热病："消灭传染源！消灭带来病毒的人！"

他的手机疯狂地响了起来。

"乔恩……"她在电话那边哭泣。

"怎么了？你在哪里？出什么事了？"

"我躲在家里……街上有很多人。他们在找生病的人，找从美国回来的人……我想他们要来抓我了。"她一边哭一边咳嗽，"乔恩，我生病了。我想我感染了。"

"你不要出去。我来找你！"

"我……"

电话那边忽然响起门被砸的声音，很多嘈杂的声音，尖叫声。电话断线了。

恐惧会让人变得比怪物更可怕。地铁和公交车都已经停运。很多人在打砸停在路边的车辆。到处是警笛和汽车的报警声。乔恩坐进一辆车的驾驶座，司机连钥匙都没来得及拔就跑了。三个年轻人跑过来，用铁棍和砖头砸向车子。乔恩咬牙一踩油门，直接撞开他们，冲进了快车道。

各种车都抛锚在街上。他撞开了几辆拦在路中的轿车，几乎是蛮不讲理地一路撞过去。很多人往一个方向跑。那是魔都的中心广场，本来那里是有音乐喷泉、天使雕像和鸽子的地方，但是现在被铁丝网隔离了起来，铁丝网的那边竖起了木架。有一些人被绑上了木架。那些人的样子很奇怪，仿佛在福尔马林里浸泡了很久的尸体，但还在木架上狂暴地挣扎。

他看见她了。她在围栏边的木架上。乔恩猛踩油门，另一辆车横着撞了过来。乔恩撞上了路边的梧桐树。他晕沉沉的，被弹出的气囊卡在座位上。

他看见她望向这边，抬起头张开了嘴，可是没有声音。头脑里疯狂和尖利的鸣叫，像一根锋利的金属刺，刺破了耳膜。有人提着汽油桶往木架上浇泼，那些惨白的身体都在拼命扭动，其中一个人龇出了尖利的犬齿。

人群里扔出了一个打火机。那个惨白的身体立刻就被火焰吞没了，它惨叫起来。黑烟，空气里充斥着蛋白质燃烧的臭味。乔恩挣扎着爬下车，跌跌撞撞往火光那里走。他的脑袋撞破了，鼻子在滴血，可是渐渐能听见声音。那些哭叫听起来已经不像是人类的声音，和那些围观者的叫喊一样可怕。都是怪物。所有的声音都是。然后他听见了她的声音。

"乔恩……"她说。

汽油从她的头上浇了下来，覆盖了她脸上的泪水。她的头发湿漉漉的，仿佛刚刚洗完澡出来。她甚至在笑。那一缕缕的头发像火蛇一样昂起了头。周围的世界变得那么明亮。她在明亮的火光中叫他的名字。

他怒吼着扑了过去，人们按住了他。他在地上大叫起来。

"不！"

他大叫起来。

"你怎么了，小乔乔？"

乔恩一下子醒了过来，看见小女孩在篝火另一边害怕地看着他。

"你做噩梦了吗？"她小声地问。

他摸了摸脸上的冷汗，额头的伤口好像又痛了起来。

"我没事。你接着睡吧。"他对女孩说，"我来照看药博士。"

女孩点点头，躺下去闭上眼睛。他坐起来看了看昏睡的老人，用手背探了探老人的额头，触感仿佛烫手的炭。高烧应该属于正常情况，所有感染了病毒的人，都会经历体温变高的阶段。

等到再次冷却后，他们就变成了冰冷的白色怪物。

空气传染是第一阶段，三分之二的人类受到感染，其中一半生病死掉，另一半则变成了怪物。怪物捕杀所有活体生物，主要攻击对象是剩下的人类，怪物之间也会互相捕杀，但这类攻击更像是为了确立某种社会地位。

白丧疫病毒不单是靠空气传播，它还能通过血液直接感染，感染率接近百分之百。这是第二阶段。

活下来的人都对空气传播的白丧疫病毒有了一定的免疫，他们自发成立了猎杀变异者的捕猎队，在白天寻找躲在阴暗处的它们。

怪物对阳光过敏，在白天容易对付。一旦找到怪物，捕猎队会用网袋把它们从巢穴里拖出来，拖到太阳底下。这些怪物用手遮住眼睛，在地上痛苦地打滚号叫。这是捕猎队的娱乐活动，比看马戏要刺激。最后他们会砍掉怪物的脑袋，点火烧死它。

到了晚上，猎物和猎人就颠倒了过来。在宿营地值夜是最危险的工作，不知道黑暗处的哪里就会跳出来几个丧尸，扑倒和啃噬。如果丧尸们聚集了起来，就会发生大规模的攻击，它们没有痛觉，不畏惧死亡，前赴后继地冲击人类的防线。仅存的人类除了等待黎明到来，没有别的办法。支撑不到早上的话，就会被它们吃掉，或者同样变成一只怪物。

乔恩的父母死于第一波的病毒感染。在最初的几个月过后，目睹了太多的死亡，他已经不像刚开始那样满怀愤怒和悲伤。他亲眼看见活人在自己面前变异，也亲眼看见一群怪物杀死活人，咬开喉咙，挖开肚子，吸食鲜血，大吃内脏。他自己也烧死过几个怪物，亲手点燃了汽油。他麻木地听着那些怪物在火中的嚎叫，仿佛听见了她的呼唤。

有一次他真的把眼前的东西看成了女友，正要帮它灭火，怪物却突然张口露出尖利的牙齿向他咬来。要不是旁边有人及时给了怪物一枪托，他大概就被咬了。怪物满嘴的牙齿都被砸断，满嘴流淌着黑色的体液，在火焰中号叫大笑，直到烧成焦炭。他对那些暴民的仇恨也渐渐淡去，剩下的只是厌恶和麻木，后来他也加入了捕猎队。捕猎队发给他一把经过改装的飞碟比赛用猎枪。

就算没有受到感染，一部分剩下来的人类也和怪物相差无几。乔恩发现了一个可悲的事实：善良的人很容易死去。因为善良通常和懦弱是一体的。帮助他人的天性，使得感染病毒的风险也大大增加。一开始，人们还会救助病弱，可是到了后来所有人都学会了见死不救。现在冷漠者更能生存。

捕猎队的队员都是二三十岁的年轻人，以前都是像狗一样温顺无害的上班族。他们拿着从军队那里捡到的自动步枪，拎着消防斧，一脸狰狞地巡视这片钢筋水泥的原始丛林。他们闲暇时的娱乐是折磨捕猎到的怪物，还曾经饲养了一个丧尸男孩很长时间，直到有一天，那个丧尸男孩一口咬在一个队员的脸上。

丧尸对人类的攻击一天比一天密集，它们集群攻陷了人类的宿营地。剩下的人被迫分散开了。捕猎队也被打垮了。之后乔恩也曾经遇到过一个已经变异的捕猎队队员，它畏缩地站在摩天大楼的阴影里，等待太阳落下和黑夜到来。

乔恩看了它一会儿，没有杀它。后来他再也没有遇见捕猎队里任何一个人。

接下来一段日子，他独自一个人活在这个妖怪横行的城市。

战争的过程非常复杂，最后的结果却很简单。人类失败了。

起初乔恩躲在一幢居民楼里。居民楼以前为了防盗，一楼的窗户装了铁栅栏。他选择了楼层比较高的房子。房子里堆满了速食面和饮用水。他足足一个月没有出门，只有在太阳最好的晴天，才会拉开窗帘，沐浴一会儿阳光。

东西吃完以后他才敢出门。街上没有成群的丧尸，最多只有两三个游荡在傍晚时的光线里。似乎它们大多数都离开了这个城市。有天晚上他在楼上，目睹两伙怪物互相攻击，其中一伙把另一伙全都杀了，并且吃掉了尸体的内脏和大脑。

那些互相攻击的怪物和战争时乔恩遇到的丧尸有点不太一样。有一天他忽然就发现了，那些怪物在互相交流。虽然它们还不会说话，但是通过表情和动作，它们明显是在交流一些事情。就像是原始社会里，一个部落遇见了另一个部落。这是乔恩第一次发现，它们具有智能。它们是一种智能生物，就和人类一样。

乔恩甚至在夜里通过红外线望远镜观察到了怪物之间类似于交配的行为，只是不知道这是不是属于真正生物学上的交配。如果它们能够通过交配产生下一代的话，它们会是新的物种吗？他不知道。

他自己的身体好像也发生了一些变化，加入捕猎队时他的病毒测试呈阴性反应。他属于对空气传播的白丧疫病毒免疫的那部分人。

可是现在只剩下他自己了。街道上能够看见变异后的地狱犬和噩梦猫。它们有时会尾随乔恩，似乎是等待他被别的怪物杀死。所以有一天，他听到真正的狗吠时，不由自主就向狗叫的地方跑了过去。

他看见一条金毛猎犬蹲在空旷无人的十字路口，猎犬似乎正在等待他的到来，它看了看乔恩，镇静地站起来，向岔路走去。乔恩抬头看了看天上的太阳，阳光猛烈，丧尸们应该都在午睡。他身上只带了一把短刀，跟在猎犬的后面。

猎犬走到了广场上一座建筑的门口，回头汪汪叫了两声，从虚掩的铜门进去了。这里是音乐厅，他曾经带女孩来听过音乐会，简直像是上辈子的事了。他犹豫了片刻，还是跟了进去。

猎犬在走道尽头的大门口等着，地上铺着红地毯，像是在迎接他的到来。乔恩扭动门把手，推开沉重的剧院大门，有个含糊的声音响了起来。

"卡门，过来……"

猎犬沿着观众席的走道，向舞台跑了过去。

"这次你带来了谁？"

狗跑到了舞台上，在那个人面前停了下来，汪地叫了一声。那个人嘉许地摸了摸狗脑袋。

"是活着的……男人？"声音说，"真是太好了……我的好卡门。"

大门咔嗒一声锁上了。

舞台上的聚光灯忽然亮了起来，打在一个女人身上。她穿着雪白的拖地长裙，看起来就和一个正在举行婚礼的新娘差不多。就算脸上敷上再厚的粉妆，也掩盖不住丧尸的白色。她是一个白丧尸。

这是乔恩第一次碰到会说话的丧尸。他可以看见丧尸惨白的手轻轻抚摸猎犬的脑袋，狗亲热地用舌头舔主人的手。他第一个念头是想逃出去，但是门锁死了。

"钥匙……在这里。"她举起脖子上挂的钥匙，"你为什么要急着走呢？来，过来，我现在不想吃你。"

"你是丧尸，还是人类？"乔恩不由自主地问。

"啊，我生病了，病了很久了，很重的病。"她含糊不清地说，仿佛刚学会说话的孩子，"生病让我的皮肤变白了，非常地白。"

"你感染了。这是病毒造成的。"

她举起纤细的手臂，在灯光下凝视着自己的皮肤。

"管他什么病毒。"她说，"管他活着还是死了。我还在舞台上，我还能跳舞。"

"跳舞？"

"你不认识我吗？"她说，"我是很有名的舞蹈家。以前有很多人要看我跳舞，他们排队买票，把我拍下来，我拍过很多的广告。你看过我跳舞吗？"

乔恩摇头。

"你居然没看过。"丧尸舞者像是叹了口气，"那真是遗憾，我跳给你看吧。"

她转动长裙，身姿怪异而优美。这应该属于自由舞，现代舞的一种，但她跳的舞和正常的人类非常不同，一方面有些动作很僵硬，另一方面有些肢体拉伸却超越了人体的极限，这个舞蹈好像是在讲一个关于舞蹈家的奇怪的故事。这个故事说，舞者死去了，变成了丧尸，却仍然在为死亡而舞蹈。

　　"我现在的身体，能做很多以前做不出来的动作。"跳舞的丧尸说，"我超越了人体的极限，这是真正不朽的艺术成就。就凭这一点，人们应该记住我。"

　　丧尸们会记住你。乔恩想。

　　"可是我有些孤单。"她停下来，"因为没有人可以和我一起跳舞。我想跳双人舞，但是我认识的人都死了。我找不到活的。"

　　她的身影闪了一下，从旁边拽出一具身体，穿着晚礼服的男人，看样子已经死了。舞娘抱着这个晚礼服的尸体，旋转了几圈。

　　"这是个不会跳舞的蠢货，只会在地上爬，不是好舞伴，甚至不懂得欣赏我。我很生气。"

　　舞娘生气地扯掉了尸体的一只胳膊和一条腿，简直和拆掉玩具娃娃一样简单。然后她抬头盯着乔恩。

　　"你会跳舞吗？"

　　没等乔恩回答，她一下子就从聚光灯下消失了。他还没反应过来，一只冰凉的手就掐住了他的脖子，尖利的指甲差点划破了颈动脉。她几乎是一路拖着他走向舞台。

"陪我跳舞。不然我就杀死你，然后吃了你。"她舔了舔嘴唇，红色的唇膏留在舌尖上。

一首舞曲响了起来，留声机的音乐，好久没听见了。

"跳得不好也没关系，我教你。"丧尸舞娘拉住他说，"很简单的，我带着你，你只要跟着音乐就行了，要像恋爱那样，像恋爱那样去跳舞，来爱我，来跳舞。"

乔恩把手放在她腰上，慢慢搂住了冰冷的身体。丧尸的腰肢纤细，肢体仿佛少女。他闭上眼睛，感觉自己真的是在和一个风情万种的女孩跳舞。大学里的姑娘，那些欢乐的时光。

丧尸舞娘很满意他的表现，甚至把头靠在了他的肩上。发丝揉擦着他的面颊，他闻见很浓的香水味，香水味里掺杂了一股丧尸才有的腐烂味。

"你好像不害怕我。你身上的味道很好闻，是年轻男人的味道，不像那些丧尸男人闻起来像防腐剂，"丧尸舞娘轻轻说，"更像是点心……拿破仑蛋糕什么的。"

"它们都不会说话是吗？"乔恩问，"你怎么还会说话？"

"我也不知道。生病以后，好像忘记了很多事。"她说，"过了很久才记起来一些，就像是做梦梦见了前世。我记起来我是个舞蹈家，我喜欢那些音乐，慢慢地有些记忆就回来了，想起来我还是个人类的时候所使用的语言。我就对着卡门说话，练了很久才能说出来。人的语言好难啊。"

"卡门？"

"我养的小狗。是我让它去找到可以跳舞的人。它很听话吧。"

"这是什么曲子？"

"忘了，好像是死亡与少女。死亡与丧尸。丧尸与少女。有什么区别呢？我都挺喜欢的……让我想起来还是人类的时候。"

丧尸舞娘笑了起来，脸上的敷的粉扑扑地掉下来，露出惨白的皮肤。它凑近乔恩的脖子，仔细嗅了嗅。

"真想咬一口啊……可是好奇怪，你的味道不全是人的味道，好像还有一点我们的味道。"她小声说，"你也感染了吗？可是你又不太像生病的样子。你还不是……"

舞娘搂紧了乔恩，他们一起旋转。

"我不想放你走了。我想吃了你。可是吃了你就没人陪我跳舞了。那我就孤单了。我为什么会觉得孤单呢？真奇怪。"

乔恩缩回手，摸到了自己腰间的短刀。这是他唯一的武器。

"我们跳完这支舞。舞曲结束的时候，我会杀死你，或者你杀死我。"丧尸舞娘在他耳边说，"我有些不耐烦了。不想再这样活下去，不想再等别人了，我想把你也变成丧尸，这样我们就能一直跳舞……"

但是乔恩没有等到舞曲结束，他几乎立刻拔出了短刀，一下子就捅进了舞娘的肚子。舞娘吃惊地睁开眼睛，直到乔恩又捅了一刀，她才怒吼了起来，一把推开他。短刀掉在了地上。

"你背叛我！"

猎犬也跟着狂吠。

丧尸舞娘一把揪住乔恩扔了出去。乔恩被扔过了半个舞台，砸在唱片架上。他趴在一大堆塑胶唱片里，还没爬起来，丧尸舞娘就飞扑而来，掐住他的脖子，张嘴撕咬。乔恩拼命顶住舞娘的下巴，让那张脸离自己远一点。舞娘几次都咬在空气里，粉末从变形的脸上一块块脱落。

乔恩的右手胡乱地抓起什么，是半张唱片，他用力挥动唱片，铝制唱片的切口一下子割断了号叫声，舞娘摸着自己的脖子想要把唱片拔出来。乔恩用尽全身力气往下切割，丧尸的体液从切口喷溅出来。喉咙发出奇怪的咕噜声。她双手像是捧着乔恩的脸，眼神越来越清澈。

"跳舞……"她说。

她的脑袋从脖颈上掉下来。

乔恩握着那半张唱片，站都站不起来，一屁股坐在地上，他喘了一会儿粗气，从尸体上找到了大门钥匙。脑袋在不远的地方凝视着虚空。

金毛猎犬停止吠叫，跑到脑袋边上舔舔了主人的脸，又到无头的身体旁边嗅了嗅，趴在那里悲伤地呜咽起来。它又呜咽了一会儿，把头埋进尸体的肚腹。那里被短刀划开一道口子，露出了内脏。

猎犬的身体几乎立刻发生了变异，它的身体膨胀起来，皮毛脱落，露出肌肉的纹理。卡门变成了一头地狱犬。它冷漠地望了望乔恩，撞开大门跑了出去。

就在乔恩打算离开的时候，忽然听见了什么动静。他分辨了一会儿，返回舞台，小心地进到后台，发现一个锁着的柜子，锁眼里插着钥匙。他摸到一把消防斧，对着柜门举起来，然后慢慢转动钥匙。

柜门一拉开，他正要劈下去，却硬生生地停下来。

柜子里是一个小女孩。

"你是丧尸吗？"小女孩蜷缩在柜子里，害怕地问。

"我不是。"他放下斧头，说，"你是谁？怎么在这里？"

"我是跳舞姐姐的宠物。"她小声说，"跳舞姐姐呢？"

"跳舞姐姐？"

他想起死去的僵尸舞娘。

"她不在了。"

女孩爬出柜子，跟着乔恩走到外面的舞台。她看见了地上残留的尸骸，明白了发生的事情。女孩有点畏缩地拾起舞娘的头颅，像抱着心爱的玩偶一样抱在怀里。

"你知道它是丧尸吧？"乔恩说。

"我知道。"女孩点点头，"她没有吃我，如果不是跳舞姐姐，我早就被别的怪物吃掉了。"

乔恩看了看女孩，女孩大概十岁大，个子还不到乔恩的腰，穿着粉色的连衣裙，虽然脸色苍白了些，但看上去没有感染。

小女孩见他转身要走，连忙跑了几步跟上来。

"跳舞姐姐叫我，唱歌。你叫什么名字？"

"我是乔恩。可以叫我乔乔。"

她昂起苍白的小脸。

"我可以跟着你吗，小乔乔？我可以做你的宠物吗？"

4

乔恩收留了这个女孩。孩子可能是受了强烈的刺激，过去的事情都不记得了，既不记得自己的家在哪里，也不知道自己还有没有亲人。她应该也是对病毒免疫的那一部分人，而且没被咬伤，所以到现在都还没有白丧化。丧尸舞娘给她起名"唱歌"，因为她唱歌很好听。丧尸不会唱歌。

连乔恩都忘记了那些过去的歌曲。要不是有一天唱歌唱了几首歌，他都忘记了这些歌有多么好听，而且都是女人唱的歌，他有很久没有见到女人。街道上倒是有女丧尸游荡。它们不适合约会，虽然都很饥渴，不过只是想吃了他而已。

女孩把舞娘的脑袋埋在了音乐厅外的花坛里。无论乔恩走到哪里，她都会跟着，就算是睡觉的时候也要睡在他旁边。白天他外出时她也会安静地跟上。他们一个商店一个商店寻找能吃的东西，最担心的还是忽然窜出来的怪物。它们躲在阳光照射不到的地方休息，被打扰的时候脾气异常暴躁。就算乔恩带着唱歌逃到阳光底下，它们也会冲着他俩怒吼。

这天他们来到巴黎春天下面的城市超市。超市的门锁上了。乔恩用榔头砸开卷帘门的锁，和女孩一起钻进商店，凡是能吃能用的都会扔进包里带走。他随身带着一把射击比赛用的猎枪，可是弹药不多。

"小乔乔，你看我找到了什么？你看它很可爱吧？"

她手里捧着一团毛茸茸的小东西。乔恩盯着那团小东西看了一会儿，浑身毛发都竖了起来。这是噩梦猫的幼崽。有幼崽说明这里有成年的噩梦猫。

一道幽灵般的影子掠过头顶。一只全身膨胀的噩梦猫嘶叫着蹲在前面的货架上，猫眼因为愤怒而血红。

相比地狱犬，噩梦猫喜欢在夜里发出婴儿啼哭的声音，一旦攻击起来恶毒无比。被猫抓伤的伤口会溃烂化脓。在捕猎队的时候，一个队友不小心被噩梦猫抓了一下，两周后浑身的皮肤都溃烂了，最终死于败血症。丧尸不会得败血症，这是白丧疫带来的唯一的好处。

乔恩的脸上在流血。他被噩梦猫抓出了三条血印，眼睛差一点也瞎了。

又有几只噩梦猫出现了，发出威胁的叫声包围了他们。乔恩从女孩手里接过幼崽，轻轻地放在了地上。幼崽笨拙地蹒跚了几步，就被刚才那只噩梦猫叼了起来。但是更多的猫从地下各处钻了出来。有一只已经伏低身体，扭动着尾巴，伺机发动攻击。

就在它要攻击的时候，忽然迟疑了起来，慢慢走过来，用鼻子对着两人用力嗅了嗅，然后像见鬼一样跳开了。猫群一下子全都闪开了。

乔恩背起唱歌，拖着拉杆箱和旅行包，穿过猫群的空隙走了出去。噩梦猫低声嘶叫，目送他们走到阳光下的街道上。

"小乔乔，你还疼吗？"

唱歌用纸巾给他擦脸，有些奇怪地咦了一声。经过时装店外面，他对着橱窗照了照，脸上的伤口已经不见了，只留下三道愈合后的疤痕。

到了晚上，几乎连疤痕也看不见了。女孩戴着耳机玩 iPad 上的《植物大战丧尸》。要是植物真能打败丧尸就好了，我会成为种菜的农夫。乔恩在卫生间里察看脸上的疤痕，看样子完全不会化脓了。只是不知道是不是因为宅久了，镜子里的人看起来比以前白了一些。

唱歌抬起头。

"小乔乔，你在叫我？"

有人在敲门。他们对视了一眼，女孩的小脸一下子就变白了。乔恩竖起食指放在嘴上，示意她不要出声。他随手抓起一把菜刀，贴墙靠近房门。

防盗门轰地被撞开了。四头丧尸挤进了房间，如同四个讨债的恶鬼。一男一女一青年一老年，那样子仿佛是来走亲戚的一家人。

乔恩一刀劈在第一个年轻丧尸的脑袋上。刀柄劈断了。他扔掉刀柄，扑向沙发上的猎枪。老年丧尸抓住了他的腿。他摔在地毯上。用力一蹬，把它蹬到窗口，和窗帘纠缠在一起。一个女丧尸已经扑向唱歌，唱歌只来得及举起 iPad 挡在面前。乔恩一耳光扇在女丧尸脸上。女丧尸愣了一下，勃然大怒。不过更让它生气的还在后面，乔恩抢起 iPad 砸扁了它的鼻子。iPad 的液晶板碎片四下飞溅。

块头最大的男丧尸在卧室门口堵住了他们。乔恩用枕头捂住它的脸，它一脸厌恶地啃着软绵绵的枕头。唱歌也用另一个靠垫砸它，房间里一下子飞满了羽毛。

乔恩掏出打火机点着了窗帘。老丧尸裹着燃烧的窗帘在原地吼叫。那个鼻梁塌陷的女丧尸怒气冲冲地把他压在地上，乔恩只有用沙发靠垫护住自己。

"乔乔！"

唱歌把猎枪扔了过来。乔恩抓起猎枪，正好塞进丧尸张开的嘴里。轰地一声。怪物的脸不见了。他推开尸体爬起来，那个裹着窗帘的老丧尸还在窗口打转，他使劲踹了过去，着火的丧尸撞碎了玻璃，惨叫着坠了出去。

回过头男丧尸已经抓到了唱歌。猎枪里只有一发子弹，他抢起猎枪砸在怪物的背上，趁它发怒，把女孩拉到了背后。手臂感到剧痛。

男丧尸狠狠地咬在他的手臂上。

丧尸咬了他一口，却好像吃到了很难吃的食物似的，呆呆地松开了嘴。乔恩把它拱到落地窗那里，趁它还没有反应过来，把它扔出了窗外。

解决了四头丧尸以后，他浑身瘫软，身上的衣服都被冷汗汗湿了。这里已经不能住了，他们必须找一个新的避难所。

唱歌忧虑地看着他手臂上的牙印。伤口没怎么流血。

"小乔乔，你会感染吗？"

"我不会被感染的。"他说，"我对病毒免疫。"

"你不会变成怪物？"

"我不会变成怪物。"

他沉默了一会儿，又说：

"就算我变成丧尸了，我也会保护你。"

"就算你变成丧尸了，我也不会害怕。"

唱歌认真地说。

我不会感染的，乔恩想。因为我很可能早就感染了。已经感染的人不会第二次感染。

我是什么时候染上病毒的？

他想了半天。想起来那个姑娘。那是最后一个和他睡觉的姑娘。

那时他还没有加入捕猎队，家里附近出现了丧尸，他又不愿意躲到隔离区去，街上到处都是砸坏的汽车。他从一家还没被抢空的超市里找到半箱青岛啤酒，全都打包进背包里，然后打开一罐，边走边喝。

"喂，你在喝啤酒？"

乔恩抬头，看见马路对面三楼阳台上有个姑娘对着下面喊。他又看了看身边，整条街上只有他一个人。

"就是在问你呢，还有啤酒么？"

"有。"他说。

"带上来吧，"那个姑娘说，"我也想喝啤酒。327。"

乔恩上楼，姑娘给他开门。他们坐在沙发上一起喝酒，互相没有问对方的名字。这幢楼除了她以外已经没人了，都去了隔离区避难。进隔离区要严格的体检程序，里面只接受还没有生病的人。

"你不担心我是丧尸？"乔恩问。

"哪有喝醉酒的丧尸。"姑娘笑，"你不害怕我是钓鱼的丧尸女？"

"钓就钓吧。"他说，"你变成丧尸也不会难看到哪里去。"

姑娘大笑，似乎已经喝醉。半箱啤酒不到晚上就喝完了。

"为什么不去隔离区？"

"我有自闭症。讨厌待在人群里，宁愿宅在家里。"姑娘说，"你为什么不去？"

"我有拖延症和选择障碍症，一直到现在都下不了决心。"

他只是不想面对那些脸，就是那些普通的脸烧死了她。

"看样子真的是世界末日了，挺 cult 的。"

"我觉得我在演昆汀·塔伦蒂诺的黑色小电影。"

"暴力，性感，还要有性爱。"姑娘看了看他，"现在想不想？"

"什么？"

"嗯，想做爱吗？"

"……想。"

两个人在酒醉的状态下做爱，又在宿醉的状况下做了。真的清醒了以后，仿佛为了确认这件事，他们又重复做了一次。乔恩是个宅男，之前很久没做爱倒也情有可原。不过姑娘也很有兴致。不知道为什么就是想一直做爱。这是她的原话。

"不知道为什么就是想一直做爱。"她说，"感觉自己能够像这样快乐的时间不太多了。"

"书上说，动物意识到危险时，体内会分泌更多的性激素，以防止灭绝。"

"是啊，那就来个够吧。"

姑娘悠悠地说，仰头吐个烟圈。她穿着乔恩的衬衫，靠在阳台上吹风，露出两条光洁的腿，用很好看的姿势抽烟。

乔恩留在姑娘这里。大多数时间他们都在做和性有关的事，要么就是喝酒，几乎把方圆一公里内能找到的商店搜刮了一遍，只要是酒精饮料就绝不放过。房间里很快就堆满了各种瓶子。喝醉酒的空瓶子被她用来丢怪物玩。

做完爱的清晨或者傍晚，丧尸出现在街道的时候，她就瞄准了甩一瓶子过去，然后迅速蹲下来藏起身子，听着酒瓶爆裂和丧尸的吼叫开怀大笑。没过多久，附近街面上就铺满了碎玻璃渣，就连丧尸都不太来了，也许真的挺疼的，就算是怪物也怕玻璃扎啊。

她有些畏光。白天绝对不会出门，吃的东西都是乔恩负责搜集的，她的厨艺倒是很不错，但是讨厌洋葱和大蒜。偏偏这两样是现在能找到的最多的蔬菜。就连乔恩自己吃都不行，她会抗拒和他亲密接触，说是身体会过敏。所以两人只能吃洒满了肯德基番茄酱的意大利面，大部分都是乔恩一个人吃掉的。她对食物的需求似乎很低，几乎什么都不想吃。

乔恩第一次意识到她有些不太对劲，是因为牛排。他在一家西餐店的冷冻库里找到一大块生牛肉。姑娘给他煎了牛排，自己却只喝红酒。半夜他被外面街上传来的怪物吼声惊醒，她不在身边。厨房里有怪异的动静。乔恩拎起酒瓶，蹑手蹑脚走到厨房门口，却看见她蹲在地上，正在撕咬一块生牛肉。

他们对视了一会儿。

"我饿了。"她擦了擦嘴角的血迹。"你饿不饿？我给你做夜宵。"

她喜欢吃生肉，尤其是新鲜的。她的肤色一天比一天白皙，像某种月光下的玉石，头发漆黑发亮。当夜晚来临的时候，他们都睡不着。她在夜里很清醒，眼睛深处闪动着说不清的欲望。当她匍匐在他身上时，就仿佛是一头正在休憩的雌兽。

"我好像正在变成怪物。"她说，"我越来越不觉得自己是人类了。"

"至少你很漂亮。"

"你不害怕？"

乔恩摸着她柔顺的长发，摇了摇头。

"我挺想哭的，可是哭不出来。"她说，"感觉身体里少了什么，盐分？水分？还是感情？感觉哪里都很空虚，挺悲哀的感觉。"

很久以后他才能理解她的感受。变异以后，泪腺逐渐坏死，人就不会哭了。

"你想吃我？"

"比起吃你，我更想性交。"她说，"不知道为什么，就是想，每天晚上都非常非常，想。你呢？"

"我也是。"

"我们做爱吧。"她轻声说。

他们没用避孕套，早就用光了。再说反正已经世界末日了。

"你不担心？"

"担心什么？"

"那就射出来吧，"她闭上眼睛说，"射在我里面。"

快感像是某种绝望的黑暗，把生命都抽走了。这是他们最后一夜，结束后他就陷入昏睡中，醒来时已经是早上。她不在了。镜子上有三个口红写的字。

"我走了。"她说。

这是他最后一次和女人做爱。直到现在他都不知道姑娘的名字。

也许是那时感染上病毒的吧，乔恩想。通过做爱被传染的，通过彼此交换的体液。但是他不知道对她到底有没有感情，也不知道她怎么看待他。他们为什么会在一起这么多个晚上，在无尽的夜晚彼此交媾？只是因为寂寞和忧惧吗，因为末日将至？

末日将至。乔恩想。无论对她还是他都是同样的。任何人的末日，任何的末日。他现在多少可以体会她当时的感受了。

他已经开始白丧化。

5

"你会变成怪物吗，小乔乔？"

他忘了这是唱歌第几次这么问了。他的白丧化过程非常缓慢，几乎不易察觉，但是女孩还是敏感地发现了。她偶尔用感伤的目光仰望他，仿佛他是一条正在老去的狗。

白丧化带来唯一的好处是怪物们不太攻击他了，可能它们已经把他看成是百分之五十的同类。这样他出去搜集食物倒是方便了很多。有一次，他去超市时，甚至有一条地狱犬一路尾随着，仿佛在等待他的驯化，不过不是卡门，因为它体型小了很多，可能是地狱犬生出来的幼崽。他拆了一包狗粮，想试试能不能驯养它。地狱犬嗅了嗅，嫌恶地跳开了，随即消失在最近的地铁入口。

地铁站早就成了丧尸的领地。每到晚上它们就从地铁出口鱼贯而出，就跟上班一样。它们很不喜欢在白天睡觉的时候被打扰。捕猎队曾经在白天发动了几次反攻，但还没到冲进验票闸机就溃不成军，几乎是连滚带爬地逃回地面。被吵醒的怪物们脾气暴躁，凶形毕露。有起床气的都惹不起。

他现在仍然可以在阳光下行动，但在日头下走一会儿就会昏昏沉沉的，皮肤像是被晒伤了一样红肿。使用防晒霜感觉会好一些。不过每到夜晚，乔恩还是会和女孩躲起来，丧尸们仍旧会进攻他们住的地方。他们被迫换了几次住处。

乔恩有一种感觉，被什么东西盯上了。当夜晚失眠的时候，这种感觉分外强烈，似乎视线就钉在他的背后，但是回过头又没有任何异常。也许是瘟疫让人变得神经过敏和疑神疑鬼。

现在的住处是魔都图书馆。作为这个城市最大的图书馆，这里曾经满是各种书籍，瘟疫刚开始流行时，人们用很多的书，烧死了很多的怪物。避难者把图书馆改建成抵抗中心，怪物们攻陷了图书馆，倒没有把这里当成巢穴。它们要么是厌恶知识，要么是讨厌油墨味，总之一个都没留下来，只留下成千上万本的残破的书。

乔恩从地上捡起一本，一本不入流的言情小说。封面上沾上了灰尘和血迹。他把书丢回书堆，试图找一些适合唱歌阅读的。如果灾难没有发生，唱歌应该在上学，每天有写不完的作业和考不完的试。他想让她读一点书，学点有用的东西，可惜他也没什么东西可以教给她的。

他走过一排排书架，从科幻小说区一直找到儿童文学区，路过诗歌那一块儿时，眼角的余光好像扫到了什么，有个人在那边。乔恩小心地往后退了一步，退回刚才走过的书架。没有任何人影。

但是书架上有一本打开的书。他拿起来看了看，《爱的艺术》。打开的页面很干净，纸张上没有蒙灰。他感觉刚才确实看见有人站在这里，可是没看清到底是丧尸还是人类。图书馆除了他和唱歌之外没有别人了，丧尸不会读书。他觉得可能只是自己眼花了。

忽然他听见唱歌叫他。

"小乔乔，你听见了吗？"女孩说，"汽车的喇叭声？"

"你待着这里别动！"乔恩冲她喊，"我去看一下。"

他在两条街以外的衡山路找到了喇叭声的来源，一辆银色宝马仰天躺在街角，车头撞在红色的消防栓上。消防栓被撞歪了，正在喷水。

乔恩踩到水里，走近宝马，听见有人在呻吟。他低头看向车厢，猎枪对准了里面。

"别开枪……我不是丧尸……"

驾驶座上是个穿着花衬衫的老头，狼狈地头朝下窝成一团。

“受伤了吗？”

“腿断了。请帮我一下……”

乔恩往四周看了看。现在已经到了傍晚，阳光快要消失了。不远处就是一个一号线地铁的出口，阴影里已经有怪物蠢蠢欲动，有三个甚至已经走了出来。

他钻进车厢，安全带的搭扣卡死了。乔恩打开折叠刀，割断了安全带。

三个丧尸往这边张望了下，转了过来。

“还有个箱子！”老头说。

乔恩在后座找到了那个公文包大小的银色保险箱，把老头从车窗拽到外面地上。

在三个丧尸赶到前，他们躲到了路边一辆出租车的车尾后面，老头把箱子紧紧抱在怀里。

其中一个丧尸把头伸进宝马车厢，恶狠狠地对另外两个咕哝了几声。

天黑前他们回到了图书馆，用钢锁锁住了大门，再把所有的窗户关紧。乔恩帮老人看了看受伤的右腿，大腿肿得很厉害，应该是伤到了骨头。

“还有个小女孩？”老头看见了唱歌，“你叫什么名字？”

“我看见过你。”唱歌躲在乔恩身后，“你在电视里。”

“电视里？什么电视？”

乔恩也觉得老人似乎有些面熟。这时唱歌举起手上的药盒。乔恩看见盒子上的照片一下子就想起来了，他是那个卖特效药的博士。

卖假药的博士，是瘟疫流行后最著名的笑话。瘟疫刚发生时，所有人都在排队抢购据说能预防白丧疫的药，电视里每天二十四小时循环地播放广告，一个满头白发的博士拿着包装盒在解说疗效，他是著名的医学专家，美国著名大学的博士导师，新药的发明人。

这只是一个电视购物的骗局，假药博士不是第一个，也不是最后一个声称发明了治疗白丧疫的药物的人。如果特效药有用，就不会有这么多的怪物在街上走了。谎言被拆穿后，商店里囤积的药片再也没有人去买。那些药好像只是维生素C加淀粉做的，口感有些甜，唱歌找到了一大盒，没事时当维生素果糖来吃。盒子上就是假药博士的照片。

"你就是药博士？"乔恩问，"你的药到底有没有用？"

"从成分上来说，不比那些保健品差多少。"博士右边眼镜的镜片碎了，现在主要是靠左边的镜片看人，"理论上来说，不管是什么药，其实都是安慰剂。有时候药物的作用并不是把病完全治好，更重要的是给病人以希望。"

"也许吧，那些来吃我们的丧尸也曾经是这么想的。"

"你很厌恶我么，小伙子？"博士问，"你呢，小姑娘？"

"你长得像肯德基老爷爷。"唱歌说，"你会炸鸡翅吗？"

乔恩摇了摇头。他无论对博士还是假药都谈不上讨厌。让人讨厌的是广告。

"你是真的博士生导师吗？"他问。

"这个是真的，我在著名的中科……"

"那你可以给她上课吗？"乔恩摸摸女孩的脑袋，说，"我想请你给唱歌上课……生物数学语文什么的都行。"

他们在图书馆住了一个月，假药博士兢兢业业地当老师，博士生导师给小学生上课固然有些大材小用，但老人显然也没什么不乐意的。可能是一个人闷坏了，所以看起来就算乔恩不提出来，这老头也会自觉地教唱歌读书。课本什么的倒不用发愁，反正他们是在图书馆。假药博士对课本什么的嗤之以鼻，觉得那玩意还不如自己的假药有营养。

"我没想到白丧疫会传播得这么快，快得我连货款都收不回来了，"博士说，"债主比丧尸更可怕，银行没收了我所有的房产……到后来更是没有什么人买药了，因为大家都变成了僵尸，我的家人和我的员工也……我只能一个人躲在公司的仓库里。我不知道什么白丧战争，什么人类保卫战。我只是个搞生物制药的，只对药物试验感兴趣。这一年多的时间，我都是一个人过的，看了很多的资料……还有成百上千次失败的试验。"

"那你现在怎么跑出来了？药爷爷？"唱歌问。

"……方便面吃完了。另外我需要……"博士叹了口气，"再一个人待着就要疯了。所以我就开着车出来兜风，结果没想到发生了车祸，要不是你们救了我，我大概就被怪物当夜宵了。他们可不管你是不是博士……说不定还吃过我的特效药呢。"

"小小的病毒它到底是怎么来的？"唱歌问，"它为什么要把人变成怪物？"

"谁也不知道。有人说它是军队研制出来的生化武器，有人说是转基因作物引发的，有的说是地球变暖融化了冰层，释放了远古时期的病菌，也有人说它是探索器从火星带回来的，也有人说它就是玛雅人预言的人类末日。"

总之就是不知道怎么冒出来的，不解之谜，就和人类不知道自己从哪里来的一样。人是由猴子进化来的，白丧疫病毒则和流感病毒、天花病毒、埃博拉病毒、艾滋病毒是近亲。这种病和黑死病非常相似。尽管发病后的颜色有点不一样。

"到底有没有可以治疗丧尸的特效药呢？"

"丧尸化是不可逆转的过程，白丧只要开始了就不会停止。把怪物重新变回人类，就和把人类变成怪物一样的困难。因为这属于两个物种。"

"一点可能都没有？"女孩失望地说，"爷爷你是博士啊。"

"……凡事皆有可能。"老人犹豫了一会儿后，抱紧了保险箱，"什么事都有可能发生。"

三个人都量了体温，乔恩和唱歌都还正常，假药博士则有些发烧。

他的右腿在撞车时受伤了，膝盖以下的部分淤肿化脓。但是图书馆里找不到抗生素。

"明天我去药店和医院找找看。"乔恩说。

但是当天晚上，丧尸们袭击了图书馆。

这些丧尸尽管思考能力已经全部丧失，但是嗅觉和听觉却比生前发达了很多。不知道是不是因为伤口腐烂的气味引起了它们的注意，反正它们不是来借书看的。

许多个丧尸同时攻击着图书馆，它们撞击大门，沿着管道在墙上爬来爬去，嘴里发出含糊不清的吼声，敲砸每一扇窗户。在黎明前它们撞破了图书馆的大门，攻进了大厅。两头比较袖珍的僵尸从破损的铁栅栏里钻了进来，在阅览室堵住了博士和女孩。女孩一边叫乔恩的名字一边钻到桌子底下。

乔恩一脚把一个光头丧尸踹出大厅，就往阅览室里跑。他在门口揪住了一头丧尸的脖子，把它甩向追女孩的那头。两头丧尸撞在一起，晃晃脑袋，同时生气地转过身子，向乔恩怒吼。这时后面的书架直直地倒了下来，把两个小怪物压在了下面。书架后面站着气喘吁吁的假药博士。

乔恩伸手从桌子底下拽出小女孩。他从地上捡起一本像砖头那么厚的书，估计不是辞典就是哲学书，精装本，书壳比铁还要硬。他就用这本书用力地敲那两个丧尸露在书架外面的脸。开始时它们还在嘶叫，随着精装本一下又一下地敲击，牙和眼珠都敲了下来，两个怪物的叫声和它们的脸渐渐都含糊不清了。

乔恩拎着滴血的精装书站了起来，外面的那些怪异的尖叫现在好像正渐渐远去。唱歌仰起头，一缕红色的晨曦从破损的窗口照在了她的脸上，她眯起眼睛。天已经亮了，丧尸之夜结束了，怪物们回去了自己的巢穴。

可是图书馆已经不能再居住。它们发现了这里，下个夜晚一定会再来捕猎。

"你们都没事吧？"乔恩问。

女孩点点头。假药博士却没有说话，苦笑着拎起了休闲裤的裤管。淤肿的小腿上，有一个清晰的牙印。黑血一直流到了地面。

6

三个人离开图书馆，搬到大剧院的小剧场。这里早前被人们改造成了可以住一百个人的临时避难所，不过当这里变成隔离区以后就荒废了。正午时分是丧尸们活动能力最低的时候，应该不会跟踪他们。到了小剧场，乔恩先打开剧院顶部的紫外线灯确认没有丧尸躲在里面。荧光照在他的身上，皮肤没有被灼伤。这说明不了什么。既无法说明他是人类，也无法证明他已经变成丧尸。

假药博士的情况更严重一些。被咬伤以后，他小腿那里的淤血和化脓都已消失，这很可能说明了他已经感染了白丧疫病毒，只有丧尸不会得败血症。

"看样子我感染了。"假药博士说，"如果没有算错的话，我还有两天时间就会变异。"

病毒的潜伏期是七十二小时。出现发热和白化的症状，七十二小时以后必然百分百到达死亡点。死亡点有两种含义，一种是身体无法承受变异而死亡，另一种则是适应了变异成为丧尸。总之都是死，只不过死的定义有所不同。

"至少你现在没事。"乔恩说，"你要是真的变异了……"

"你会杀了我？"

"不，我会把你丢出去，让你和同类待在一起。"

博士笑了起来。

"那我会成为丧尸里的博学之士。我还真的有些好奇变成丧尸以后是种什么样的感觉。它们好像不会再衰老了，说不定丧尸是一种永葆青春的神奇生物，那样的话也不错。"

"我也不知道那是什么感觉。"

博士看了他一会儿。

"你也感染病毒了，是不是？"

乔恩沉默了一会儿，点点头。

"你的白丧化已经很明显了。"博士说，"可是你没有其他的症状，没有发热，也没有体液渗透，也没有像其他白丧化的人类那样失去理智。你觉得自己仍然是正常人吗？"

"我仍然属于人类。"乔恩说，"我内心仍然觉得自己是人，而不是那些怪物。"

"那些怪物基本上都没有攻击你。因为在它们看来，你是它们的同类，所以它们不会捕食你。"

乔恩没有否认这一点。丧尸们没有捕食他，这大概才是他能带着唱歌活到现在的原因。

"不，我被攻击过……被一只这么大的母噩梦猫抓了一下。"

"……你是怎么感染上病毒的？被猫抓的？"

"不是猫……"乔恩说，"大概是一个姑娘。我们……"

"我懂。我也曾经年轻过。女人要比噩梦猫厉害。她们连抓带咬的，连我们的心都能撕碎。"

"差不多是这样。"乔恩无奈地说。

"那个姑娘呢？"

"我想她已经变成僵尸了，或者死了。就跟外面所有的怪物一样。我们也快和它们一样了。"乔恩说，"也就是时间上的差别。"

"她怎么办？"

博士摸了摸唱歌的脑袋。她正在午睡，迷迷糊糊地睁开眼看了看他们，然后靠着乔恩继续睡觉。她会变成那种很可爱的萝莉僵尸，乔恩想，变成僵尸要比被僵尸吃掉好。

"你说过，白丧化是不可逆转的。"

"如果说，我有药呢？"

"你卖的是假药，我知道它比保健品要有营养。但它不能治疗感染。"

"那是一开始，一开始我是想靠卖假药在纳斯达克上市什么的。"博士说，"瘟疫发生以后，我关在仓库里，为了消磨时间，做了很多试验。我觉得好像找到了治疗白丧疫的方法。"

"全世界所有实验室都没有做到的事，你一个人做到了？"

"不管你相不相信，在卖假药之前，我是个生物制药的博士，是这个领域最有权威的几个人之一。不开玩笑地说，我开发过伟哥。"

"没有得诺贝尔医学奖？"

"很有可能。如果我提前做出了白丧疫的疫苗的话。"博士说，"现在我最多只能提名诺贝尔丧尸奖。"

老人拍了拍随身带着的那个金属保险箱，把拇指按上金属箱的指纹锁，箱子发出"嘀"的一声，然后开关跳了起来。乔恩看见箱子里并排放着三支针筒。针筒里是血红色的液体。

"这就是。"博士多少带点骄傲的口吻说，"这是我所有的心血，我最伟大的研究成果，丧尸病的克星，阻止白丧化的血清。这是人类最后的希望。当然，也是你和我最后的指望。"

乔恩盯着金属箱里的东西看了一会儿，他当然明白这三管疫苗代表着什么。如果博士的话都是真的。他深深吸了口气，让自己保持镇静。

"如果这是疫苗，为什么你没有注射？"乔恩说，"你现在也感染了。"

"问题就在这里。"博士说，"这是基于生物性 DNA 的基因级产品，是从那些感染了病毒的丧尸成熟体内提取的。"

"听不懂。"乔恩说。

"所以我觉得读个博士学位很重要，你应该和唱歌一起听我上课……好吧简单点说，你也可以把它看成是一种病毒。它和导致人类丧尸化的白丧疫病毒结构上非常相似，或者说，它们基本上就是一回事。"

"它是另一种白丧疫病毒？"

博士默认了。

"人类体内无法同时生存两种以上的白丧疫病毒。所以疫苗病毒会攻击白丧疫病毒，白丧疫病毒也会攻击它。谁赢谁输则不好说。因为生命之间是平等的，没有绝对的强弱和高下之分。"

"就跟人类一样，没有什么差别。"

"基本上就是这么回事。看开一点是这样的。"博士说，"所以这就导致结果的不确定性，就跟瓶子里的妖精，或者薛定谔的猫一样。"

"什么猫和不确定性？"

"……先别管什么猫了。理论上这个血清可以阻止白丧化，防止我们感染变异。但是它还没有人体测试过。到底有没有效果，也只有用了才知道。打开门，我们才知道猫是死是活。"

"那还在等什么？"乔恩问。

"注射了血清以后，会有三种可能。"博士竖起手指示意，"第一种，疫苗病毒打败了白丧疫病毒，我们恢复健康，并且从此对任何的丧尸病毒免疫，就跟种了牛痘一样；第二种，白丧疫病毒打败了疫苗病毒，我们变成丧尸；第三种，我们的身体无法承受两种病毒的激烈反应，很快就会死掉。三种可能性各有百分之三十。"

"也就是说，只有三分之一的可能活下来。"

"和俄罗斯轮盘赌差不多。所以不到最后，我也不想用它。"博士说，"你想赌一赌么？"

乔恩沉默了一会儿。

"我想我别无选择。"他说，"左轮枪已经对准我了。其实不是百分之三十的概率。而是一半对一半。"

"要么活，要么死。确实是一半的机会。"博士说，"箱子里有三管血清，正好我们三个人每人一支。为了保险起见，还是一个一个来。我想我应该是第一个，因为我已经感染，剩下的时间不多。再说我是它的发明者，这是我的荣誉。"

乔恩点点头，站起来。

"我去准备一下，找点吃的。然后我们就开始注射血清。"

"这次不会再是假药了。"博士笑着说，"七十二小时就知道结果了。"

7

药博士第一个注射了血清，十个小时以后，他开始呻吟，体温急剧上升。乔恩和女孩轮流用冷毛巾帮他敷在额头上，没有起到什么效果。半个晚上后，他的身体出现过敏反应，四肢肿胀，青色的血管几乎撑爆皮肤。博士开始咳血。

"我想我不行了。"他一边哭一边说胡话，眼睛里流下的都是红色的泪滴，"我快要死了。"

他说不出话了。又过了两个小时，药博士死了。乔恩拉上了他的睡袋拉链。装了老人的睡袋有点像一个蚕蛹。

当早上到来后，乔恩拖着睡袋去了附近的广场，在花坛里找到一块空地。他挖了个坑，把药博士埋了起来。没有墓碑，只有一棵小松树立在旁边。

"博士爷爷，再见。"唱歌说。

这是老人死了以后，她说的第一句话。

乔恩抬头看了看天空，天色阴暗，好像有什么东西挡住了太阳一样。他带女孩回去了剧院的避难所，把大门锁起来以后沉思了一会儿，打开保险箱，取出第二支针管，

"唱歌，你害怕打针吗？"他问。

"你是要给我打针吗？"唱歌说，"我不怕疼的。可是我会像

博士爷爷那样死掉吗？”

“我不知道。”乔恩说，“就跟考试遇到了不会做的是非题，不知道选对还是选错。”

“所以只有打了才知道？”

“只有打了才知道。”

“你是怕没人照顾我，所以才让我先打是吗？”

“至少我这几天还能照顾你。”乔恩说，“如果你没事，接下来就轮到你照顾我了。”

女孩点点头。

“我会照顾你的，小乔乔。你不要担心我。”

她捋起袖子，露出细细的手臂，但还是有点害怕，不由自主地往回缩了缩。乔恩握住她的手，给她打了血清。针剂里的镇静剂很快就起了作用。

“我有点困了，乔乔。”女孩揉着眼睛说。

“那你睡吧。就当是做个梦好了，睡醒了就没事了。”

乔恩把手放在女孩的眼睛上。唱歌阖上双眼，很快就睡着了。

和药博士不同的是，唱歌的体温只升高了一度，除了熟睡以外没有什么异常的反应。不过乔恩还是不敢放松，每隔两小时给女孩量一次体温。一天以后，她第一次有了发烧的症状，但持续了不到一个钟头就降到了正常水平。呼吸变得缓慢平稳，但对外界没有任何反应，感觉就像是冬眠了似的。她蜷成一团的模样很像是一头冬眠的小熊。

乔恩在旁边守了两天两夜，几乎没有合眼，只是有时打个很轻的盹。六十个小时后，他觉得唱歌应该不会再出现什么危险的状况，既没有剧烈的过敏反应，也没有发现任何的白化迹象。现在应该只要等她醒过来就行了。

他有点想去外面的花坛看望药博士，看了看手表，现在是中午，外面是安全的。他打开门走到剧场外面，觉得好像哪里出了问题。就在他思考是哪里不对劲的时候，感觉后脖颈像撞上了一棵大树似的，脑子里"轰"的一声，一下子就倒在了地上。

他没有彻底地晕过去，只是昏昏沉沉地无法动弹，感到有人拎着他的脚，像拖一具尸体一样拖着他在地上移动。他连眼睛都无法眨动，只能模模糊糊看见深沉的夜空。他这才发现是哪里不对劲了，现在是中午，但是感觉却像是夜晚一样。

然后他听见了口哨声。那个拖着他的人在用口哨吹音乐。

"嚯，嚯，嚯嚯嚯……嚯，嚯，嚯嚯嚯……"

口哨听起来又轻松又快乐。就像是过去那种欢快的电影里出现的口哨音乐。

他稍微转动了一下眼球，看见了那个人的背影，好像是个男人，穿着白色的衬衫，衬衫白得可以拍洗衣粉的广告。那个人的头发是灰色的，就跟他一样。

水泥地一路磕着他的脑袋，现在好像到了柔软的草地。口哨声也停了一会儿，然后他听见对方在唱歌。

"我是一只丑小鸭，咿呀咿呀呦，我是一只丑小鸭，咿，呀，咿，呀，呦。"

他唱得很古怪，但是乔恩一点也不觉得可笑。对方又换了一首歌。

"小小姑娘，清早起床，提着裤子上茅房，茅房有人，怎么办呀，只好拉在裤子上。"

这首歌他听唱歌唱过。她经常在早上醒来以后，一边刷牙一边哼唱这首儿歌。乔恩不知道她是从哪里学会的。还有上一首歌，这是乔恩自己唱过的，有一天晚上怪物的动静让人害怕，唱歌央求他来一首歌催眠，他就唱了这首《丑小鸭》。我是一只丑小鸭，咿呀咿呀呦。他不好意思地小声唱。现在拖着他走的这个人也在唱。

我是一只丑丧尸，咿呀咿呀呦。

对方停了下来，一只手就把他揪了起来。他掀起眼皮，发现自己身处无数次在噩梦里重现的地方。广场上竖立的铁架，人们把白丧疫患者绑在铁架上，浇上汽油，点燃火堆。

乔恩。她叫他的名字。

火焰早已经熄灭，丧尸们占领了这个广场，但它们厌恶这个地方。现在只剩下黑色的铁架竖立在这里，还有周围残破的铁丝网。

那个人扛起他的身体，把他固定在铁架上。他觉得身体好像瘫痪了，连手指都无法弯曲。那个人打开他的双臂，用锁链把他绑起来。他就跟一个即将被处以火刑的怪物一样，被绑在铁架上。

不过没有人往他身上浇汽油，也没有人点燃火堆。

"别担心，你不会被烧死。我们厌恶火。"对方说，"你应该可以稍微动一动了，可能神经功能还要两天才能恢复。"

乔恩吃力地抬起头，看着这个袭击他的人。他第一眼就看出来对方不是人类，但是看上去又和普通的丧尸不太一样。衣服体面干净，面孔像大理石一样光滑整洁，灰色头发打了发蜡，还戴着一副黑框眼镜。普通丧尸没有这么讲究。尤其是它会说话。

"你是谁？"

"你好像对我能够说话一点都不惊讶？"灰头发说，"我猜你已经见过会说话的了。"

"你不是第一个和我说话的。"乔恩说，"我知道你是丧尸。"

"我当然是丧尸。"对方笑了起来，"但我们这样的丧尸更喜欢称呼自己是新人类。"

"你们？有很多品种吗？像红富士苹果？"

"像不同的语言。有的语言是平庸的句子，有的语言是神的闪电。"灰头发耸耸肩，"作为比喻，苹果也不错，我不讨厌苹果。"

"你要捕食我？"

"不，一点也不想。你不是食物，一点也不是。你明白是为什么。我们不喜欢同类相食。"

"你想怎么样？"

对方没有回答，只是在黑暗中看着他。他感到一种熟悉的感觉，被什么盯着。他一定不是第一次看见它。

"你还算不上是我们的同类。至少现在还不是。"

灰头发从裤袋里拿出一包女士烟，夹起一支叼在嘴边。

"你是不是在想，丧尸怎么还抽烟？既然都已经死过一次，我也就不在乎这点尼古丁了。这纯粹属于装饰，就和这副眼镜一样是显摆用的。完全进化以后，你就知道你的视力会变得多么好，不然怎么在夜里捕猎呢？"

它推了推鼻夹上的黑框眼镜，翻了翻裤袋，好像在找什么却没找到。往前走了两步，伸手到乔恩怀里翻了翻。

"借个火。"它找到一次性打火机，"还有这个。"

乔恩盯着它手里的红色针筒。白丧疫的血清。

"哦，有趣，这就是人类的希望。白丧疫的克星，那个疫苗是吧？"

灰头发举起针筒，眯眼看了一会儿。

"你的目的是这个？"乔恩问。

"我找这个干什么？你以为就凭那个卖假药的，一个人就能做出这个疫苗？还有谁会比我们更了解丧尸呢？"

灰头发咧嘴露出尖尖的犬齿，冷不丁把针筒扎进乔恩的脖子，把血清全部推了进去。

"这才是我想做的。"

乔恩感到一阵剧痛从脖颈处传来，他忍不住叫了起来。疼痛像闪电一样在身体蔓延，最后像一把黑暗的巨锤砸向他的大脑，时间仿佛都停止了，只有锤子不停地砸下来。

不知道多久以后，他才恢复了知觉。他睁开眼睛，发现灰头发坐在那里，一本打开的书平摊在腿上。

"终于醒过来了。"灰头发头也没抬，"我都有点担心了。"

"我想起来了，我在图书馆里碰到的就是你。那时你也在看书。"

"海子的《九月》……"灰头发读着书里的诗歌，"我喜欢这些闪光的语言。我想我一定是丧尸里的诗人。我真心喜欢这些诗歌，就像喜欢甜美的血肉一样喜欢。当我读这些句子的时候，我的小心肝都在颤抖。"

它把手放在左胸，皱了皱眉。

"可惜丧尸是没有心跳的。"它说，"你不要觉得我是在跟踪你。我只是受人之托照顾你。"

"什么意思？"

"我们有个共同的朋友。"灰头发合上书，跷起二郎腿说，"不过呢她有点奇怪，即便是以我们的标准来看。至少她喜欢生牛肉多过喜欢生人肉。"

乔恩想到那个半夜在厨房里偷吃生牛肉的姑娘。

"她还好吗？"

"从我们的标准来看，过得不坏。在新的社会等级里属于相当高级的存在，少数精英分子。在进化以后，我们保留了大部分的记忆和知识，和被你消灭掉的那些低等货色完全不同。庸众死再多也无足轻重，少了你这样的倒是很可惜——所以我帮你挡掉了一部分麻烦。"

"听起来更像是游戏关底的老怪，你这样的。"

"可惜你进化得还不彻底。如果时间足够，我愿意继续观察，看看你是否是我们寻找的那个人。不过我已经没有什么耐心等下去了，所以才助你一臂之力。"

"寻找什么？"

灰头发抬起头，灰色的目光如同死亡本身。

"我们一直在寻找。当我们进化成新的人类以后，内心深处就一直有个声音在告诉我们去寻找那个人，就好像是一种与生俱来的本能，如同人类不用学习爱，就知道爱是怎么一回事一样。我想我这样的一定属于我们这个族群里的先知，原始部落的祭司，所以才收到了神的指令。"

它像是念诗一样哼了一段。

"白色的尸体在寻找它们的王，黑色的末日随着月亮而来，它诞生在三个月亮下，将结束永恒的夜晚，带领所有活着和死去的生灵，开创新世界的光明。我自己写的诗，你觉得怎么样？"

乔恩摇了摇头。

"对一个丧尸你还能有什么要求呢？"灰头发说，"恶棍有恶棍的救世主，丧尸也有丧尸的神灵。有趣的是，我在你身上看到了某种可能性。本来我可以等待这种可能性最终是否会变成现实，但是现在时间来不及了。"

灰头发站起来，指了指天上。乔恩努力仰起头看向空中，现在是深夜，可是夜空是这么明亮。因为……天上有三个满月。

他以为自己看错了，眨了眨眼睛，另外两个月亮并没有消失，它们不是幻觉。

"三个月亮？"

"是的，三个月亮。"灰头发说，"三个月亮的出现说明了一件事，永恒的夜晚开始了。从此以后，再也没有白天，再也没有美丽的日出和忧伤的黄昏了。"

"永恒的夜晚？"

"你失去意识已经二十四小时。"灰头发说，"三个月亮是昨天升起来的，从那时开始，昼夜就不再交替，我想，它也是这个旧世界的末日。"

乔恩仰了一会儿脖子，颈椎因为压力疼了起来。疼痛渗透了他的身体，从里到外，像是有比针还要细的火在燃烧，把所有的感觉都烧成了灰烬。汗水从每个毛孔流出来。他整个人就像是从水里刚捞出来的。

"血清对你来说更像是催化剂。再过四十八小时就知道结果了。"

灰头发再度露出了犬齿，"就连疫苗发明者都不知道的是，注射了疫苗以后还有第四种可能性。从此既不是丧尸，也不是人类。而是三个月亮下诞生的救世主。我在这里等着，内心满是欢喜。没有什么比创造奇迹更让人满足的了。"

三个月亮的银光把广场照得很明亮，可以看见很多怪物伫立在附近的街道上，在每一幢大楼的楼顶，它们默不作声地望着广场的中心，仿佛这边是黑夜的中心。

"你想过白丧疫病毒到底是怎么出现的吗？为什么它要把人变成丧尸？"

灰头发的脖子仰到了不可思议的角度，一动不动地看着月亮。三个月亮不但大小相似，连亮度也没有差别，分不清哪一个才是本来的那个月亮。

"我所知有限，但是本能地知道危险来自三个月亮，白丧疫病毒使我进化成了更强有力的人类，并且将一部分知识传递给了我。受到威胁的并不仅限我们，而是这个世界所有的生命与文明。我相信白丧疫病毒与其说是灾难，不如说是神的干预，因为神已经知道危机来临，为了避免这个世界的毁灭，所以白丧疫病毒降临了，它让一部分人得到力量，进化成更强大的生物。"

"以毁灭人类的方式？"

"大部分人活着都无甚意义。我们会给这个世界建立新的秩序。我们来源于人类，白丧化后的我们和人类仍然属于近亲。三个月亮才是真正的敌人，它已经夺走了所有的白昼。很快它就要来到地面。它要夺走所有的一切。"

"三个月亮到底是什么？"

"它们不属于这个世界。我想它们甚至都不是月亮。真正的月球应该被偷走了。月球是地球的守护者。现在月球没有了，只剩下孤零零的地球。某种东西来了，以月亮的样子出现。我们不知道它们到底是什么。"

乔恩感觉体内好像有一头怪物要破茧而出，正在狂怒地挣扎。他听到野兽吼叫的声音，过了好久，才意识到那是自己发出的。浑身的血管都在不受控制地抽搐。

灰头发的嘴角露出一抹带着死意的微笑。

"你已经体会到了吧？那是你的欲望。你的本能就要被解放了，你应该尽情享受它……"

忽然"砰"的一声巨响，灰头发闷哼一声，胸前出现一团火光。乔恩看见唱歌站在它后面。手上端着的猎枪还在发抖。

灰头发转过身，一把掐住唱歌的脖子把她举了起来。它低头看了看伤口，胸口被打出一个很大的窟窿。那个窟窿正以肉眼可见的速度愈合着。

"你弄伤了我的心，小丫头。好在我是没有心的。我应该怎么处理你呢？"

"放开她！"乔恩大喊起来。

唱歌的脸憋得通红，双腿在空中乱踢。

"还是晚餐吧，好久没吃这么嫩的肉了。"

灰头发没有理乔恩。它刚刚张开嘴，忽然有些犹疑，凑近闻了闻女孩的头发。它盯着她看了一会儿，忽然笑了起来。

"原来是这么回事，我差点忽略了还有一种可能性。已经有了第一个成功的作品……"

它松开手把女孩扔到地上。后背鼓了起来，一双灰白色的膜翅展开在他背上，翅骨间的肉膜上还泛着血丝。

"乔恩，我改变主意了，现在我要走了。"这还是灰头发第一次叫他的名字，"如果你没有死掉，我们还会再见面的。你一定还有一些事想问我。不过，在那之前，你必须活下来才行。"

它蹲下，起跳，像一支掷向月亮的标枪。它在夜空展开灰白色的膜翅，如同一只硕大的蝙蝠，沐浴着月光滑过天幕，消失在了远方的黑暗里。

"小乔乔，你没事吧，我来救你。"

唱歌在地上寻找开锁的钥匙。

"你没事了吗？唱歌？"

"我不发烧了。"唱歌说，"睡醒了以后找不到你。所以才找到这里来了。你受伤了没有，小乔乔？"

唱歌找到了钥匙，跳过来摸索把乔恩绑在铁架上的锁链，锁头在靠近脖子的地方。她爬到乔恩身上，试着开锁。他不由自主地开始分泌唾液，牙齿在嘴里摩擦，口腔里充斥着血腥味，尝起来带些甜味。

"先等一下，唱歌，不要解开锁链。"他说。

唱歌在很近的地方看着乔恩。

"如果药博士说的没错，你会是第一个对白丧疫病毒完全免疫的人类。不管以后怎么样，你必须想办法活下去。"乔恩说，"我已经注射了最后一支血清。现在我的身体已经开始变化了，我不知道我会变成什么。"

"小乔乔，你不会有事的。"

"我也希望是那样。但是现在你还不能解开我。很快就知道答案了。万一……我变成丧尸，你手上有枪，你知道该怎么做。然后你就跑，跑得越远越好。"

"我不会这么做的……"

唱歌想要抱他，但是乔恩用头把她撞到了地上。

"听话！"他冲她大吼。

唱歌在地上摸索了一会儿，找到了那支猎枪。

"小乔乔……"她说。

她望着乔恩，枪口对着他。

"你想听我唱歌吗？我给你唱歌好不好？"

她小声地给他唱歌，歌声一直飘到了很远的地方。楼宇上的怪物直起身子，竖起耳朵，好像都在沉默地听着这奇怪的风声。

他感觉身体渐渐要消失了，一部分好像正在往很深的水里沉没。

"撒冷。"月亮上有声音说，"我们在寻找新的撒冷。"

夜空燃烧了起来。她和火光一起出现了。她裹着火焰的长裙，伸出因为燃烧而变成焦炭的双臂。火光拥抱了他。他浑身都被灼痛了。

"喂，别难过了。"那个姑娘递过来一瓶啤酒，"喝点酒吧。"

她用口红在月亮上留下三个字。

我走了。

他往前跨了两步，好像绊到了什么，低下头，看见月球的尘土中埋了一个脑袋。他挥手拂开蒙在那张脸上的尘埃。

"跳舞……"她说。

一个女孩捧起她，捧起这个跳舞丧尸的脑袋，递给他。

"我刚才听见那个灰头发的丧尸说的话了。"女孩低声说，"现在我在这里。"

"现在她在这里。"丧尸的脑袋重复说，"可以一起跳舞了。"

"你们是谁？"他捧着这个脑袋问。

"我们就是三个月亮。"

"我是谁？"

他头痛得像是要爆炸了一样，这个问题一遍又一遍地回荡着，直到他发现自己捧着的是自己的脑袋。

那个女孩还在唱歌。歌声回荡在空荡荡的月球表面，像是从遥远的地球传来的。

他感觉身体里有什么东西破裂了，像是一直束缚着自身的某种外壳终于被打碎了，一种生机勃勃的力量从身体深处喷涌而出。这种力量比快乐更快乐，仿佛婴儿第一次睁开眼睛。因为听见了呼唤，它意识到自己的存在。

像火山喷发，他体内的力量不顾一切地吼出了声。

随着一声怒吼，歌声戛然而止。

一头怪物扯碎了锁链，从铁架上一跃而下。他忽然觉得很悲伤，就昂起了头，对着月亮，发出了令所有怪物都害怕的嚎叫。

月光照在这个城市，一个女孩领着一个灰色的怪物在街道上穿行。

她拉了拉他，轻轻问："你怎么了？"

"我不记得了。"他说，"我不知道自己是谁。"

"你是小乔乔呀。"她小声说，"你还能是谁呢。"

他抬头望了一会儿三个月亮。

"天上有三个月亮。"他说。

"天上不止有月亮，还有太阳，还有很多星星。看来你真是得了老年痴呆症了。"她叹了口气说，拉起他的手，"你不要害怕，小乔乔。我是唱歌，我已经退烧了。不管你忘了多少事，我们也不要管天上有几个月亮。以后我会照顾你，就像你以前照顾我一样。"

他沉默了一会，点了点头，没有说话。两个人继续往前走，仿佛这个世界没有人，没有怪物，只有他们。

一瞬之光

我们每个人都是星星的孩子。

1

　　他们把他投进一间屋子，好让他忏悔自己的罪行。屋子完全由理念建造，门窗仅仅作为概念存在，所以没有人能够离开屋子。他的罪名已经不可考证，总之与一切重大的案件有关。指令通过墙上的电话下达。电话无法向外界拨打，只能固定传达他们的信息。铃声响了起来。要求是必须书写，题材与内容则无限制。

　　"我不会写东西，"他发着抖说，"我连信都很多年没写过了。"

　　"没有人天生是作家。"电话里的声音温和，冷静，有如机器，"而且世界上不存在作家这种职业。"

　　还没有等他问究竟要什么时候才会放他离开，电话已经中断。这表示询问的权利并不在他这里。在电话挂断后，他再次搜寻了整个屋子，同之前的几次一样，从墙壁到地板都找不到一丝缝隙，这意味着不可能通过其他的方式离开。从房间的装饰来看，与其说是样板房，不如说是毛坯房，只添加了几件必需的家具。角落的床，墙上的电话，以及中间的书桌。一盏带灰铁帽的白炽灯吊在桌子上方。书桌上有本皮封面的本子，一支墨水笔搁在本子边上。本子自然是空白的，正等待着他的书写。

他合上本子，退到床边，和衣躺下，这个姿态表明了他内心的不顺从。因为无法得知具体罪名，他早已经放弃证明自己清白的机会。他觉得自己一个人待在这么一间屋子里倒也不是坏事，所以甚至安心睡了会儿觉。一直睡到那盏灯亮了起来，他被晃醒了，不知道自己睡了多久。屋子里没有时钟，他的手表在进来前就已经被没收。他看向窗户的位置。窗户只是一个样子，并没有提供窗户实质的内容。他不知道外面是黑夜还是白天。他们连时间都从他这里夺走了。

他呆滞地坐了一会儿，站起来在房间里走来走去。走了一会儿，脚步虚弱无力，双腿几乎支撑不住身体的重量。他感觉到饥肠辘辘，然而房间里找不到吃的，只好又躺回床上，望着简陋的天花板发了会儿呆，又蒙蒙昽昽地睡着了。

第二次他是饿醒的。他开始用无神的目光看着门的方向，本来以为是没有到用餐的时间，可是在再次醒来后，他感觉他们并没有给他送饭的打算，不管他怎么叫喊都没有人理会。他昏睡了很长时间，直到明白过来他们的目的是饿死他，这就是处决他的方式。这种方式缓慢而致命，带着卑微的痛苦。

理解了这点以后，他不再喊叫，双眼因为饥饿而肿胀。他努力睁开眼睛，在屋子里寻找任何能果腹的东西。先试着咬了咬毛毯。

毛毯是用最粗硬的毛制成的，咬起来跟咬扫帚没有任何区别。他放下毛毯，看见了书桌上的本子。

他蹒跚着走到桌前。本子看起来很厚，有几百页纸。他翻开本子，看见白白的纸张，禁不住咽了咽口水，如果有盐就好了，他想，把纸撕成一丝丝的，撒上点盐，味道一定不坏。

但饥饿使得他的手颤抖起来，教养起了一点作用。他呆呆看着打开的本子，感觉除了吃纸以外还应该做些什么。那支墨水笔就在他右手下面。过了会儿，他拿起了它，打算在死前写下最后几句话。他也不知道是写给谁的，他只是想写几句话。

他好像已经忘记了怎么写字，也可能是手饿得在发抖。开头几个字歪扭得不成样子，他写下自己的名字和身份，记下身份证号码。因为许多严重的罪名被关进了这个屋子，他写下自己原先居住的家庭地址，希望最后看见这封遗书的人把最后的信息送到他的父母那里去，虽然他也不能确定父母是否还活着。他没有别的亲人了，多年前结过婚，维持了几年离了。他不确定是否应该告诉前妻自己的死讯，他不确定她是否还记得他这个人。

他写了一段，又补充地写了一段，写满了本子的第一页，感觉再也想不起来写什么。他放下笔，垂头坐在桌前。就在这时，门那边忽然响了一下。他向那边看了看。

门下面出现了一碗米饭。只是一碗白米饭，连下饭的菜都没有。

米饭没有做好，还有点夹生，他狼吞虎咽地几口吃掉了。吃完饭，他觉得心力交瘁，于是趴回床上躺下。躺了一会儿后，忽然像是想起了什么，起身走到桌前，翻到刚才写的那页遗书。果然，本子上的字迹变淡了，在他眼前缓慢消失，就跟有人拿走了它们一样。

他愣了一会儿，终于明白过来。这是他们做的。如果他不想饿死，就必须按他们说的那样写点什么。只有写作才有饭吃。

2

接下来的几天，他用几段干巴巴的叙述换来几碗干巴巴的米饭。这是无可奈何的事，写作才能从小就没有在他身上体现过。他回忆自己从小的生活，用少得可怜的词汇在本子上写下来，几天过后，词汇量并未增加，从前的回忆倒是模糊了不少。年轻时半夜去泡吧，一晚上赶两个姑娘的场。那时他的体力比现在要好得多。年轻时的记忆随年轻而离开。他想起中学毕业考试时，他完全靠作弊才勉强通过。有个优等生用鄙夷的眼神瞥了他一眼。他现在还记得那个眼神。负罪感。也许那是他们记录在案的自己的第一个罪行。

可写的东西不多。他再次详尽地描述自己的生活。大学毕业后，他做了两年白领，然后学着和朋友经商。现在他是一名家具商，代理各种式样的家具买卖。本来他想就家具写上几页的文字，可是落笔时他才发觉自己和普通人一样对此所知甚少，他不是木匠，也不是艺术家，了解的仅仅是账目上的数字。那些数字支撑着他的生活。

然而离开了那些数字，他忽然感觉这么多年他的生活一片空白。

在几天的叙述过后，他找不到东西写了。饿了两天的肚子，出于生存必要，他在本子上仔细描述了房间里的布置，几乎连床单的每一丝褶皱都没有错过。这几段细节描写赢得了好评，送来的饭有了配菜。他多少觉得安慰，甚至有点骄傲。在享用饭菜的中途，屈辱感却油然而生。他觉得自己是正在被训练的狗，只有动作符合要求才会被奖励食物。但他把屈辱感压了下去，没有在表情上流露出来。

我不会让你们看见我的表情，他想。我不会让你们发现我的屈辱。

由于担心刚掌握的细节描写会变生疏，于是接下去一段时间他用这种笔法重写了他的人生。他现在渐渐能够回忆起他过去遇到的每个人，他的朋友，他的同事，他经商时遇到的客户。每个人的面貌和表情在各种细节的支撑下渐渐清晰。他的写作技巧在提高，这点他自己也许没有察觉到，不过伙食的质量却一天天都在改进。因为暗无天日的幽禁，孤独和冷僻在一点点蚕食他的身体，又从他的笔下倾泻出来。在写不出任何东西的时候，他在房间里用尽全力砸门窗，对屋外叫喊，拿下电话的话筒大吼。你们，你们什么时候让我出去？你们还会不会让我离开这里？

没有规律的作息时间让他得了失眠症，虽然没有人强迫他起床或者睡觉，但是每天都必须写作才能换来饮食。有时写作会很顺利，但多数时间他仍然在摸索。在苦苦煎熬，好不容易创作出一页精心的描写后，换来的却不过是粗糙的伙食，每到这时，他就异常地气恼。怀疑他们的目的，也怀疑自己的写作。自我怀疑是把双刃剑，既让他感觉痛苦，也促使他更加用心地钻研写作的技巧。

在完成每天的写作后蜷缩在床上休息时，他感觉异常孤独。他想念过去的生活，想呼吸新鲜的空气，想在公园里散步，想去酒吧里和朋友相聚。他当然想到了女人，想到了过去结交的每一个姑娘。他渴望感觉到她们的体温，不过这种温存的感觉也都快忘掉了。他交往过十几个女人，每一个的风情都有所不同，而最让人沮丧的是，他现在最多想起的居然是他的前妻。

他只结过一次婚。妻子是他的大学同学，在毕业两年后的校友会上才真正认识。她做会计工作，有种娴静的风姿，约会时如果早到了会坐着看一本时尚杂志。她在他什么都没有的时候陪伴他，就算他做生意赔光了本钱也没有离他而去，有段日子去旅馆开房的钱都是她放在他的皮夹里的。以后不要浪费这个钱。她说，我们可以住在一起。因为这句话，他在赚钱以后做的第一件事就是向她求婚。

结婚是一种契约行为。婚姻的誓言仿佛一个玩笑，可是玩笑里亦有认真的成分。为什么两个人会分开？起因是什么？是他拒绝要孩子，还是彼此的猜疑？他知道是她先有了外遇，在外遇之后她拒绝了他要个孩子的提议。于是他们各自偷情。那是为了背叛而进行的背叛，为了伤害而进行的伤害。在结婚两年后他们离婚，什么东西都精确地一分为二。包括两个人自己。

在离婚后他有过一些女人，有两个比前妻漂亮，但是他再也没有在别的女人那里得到家人的感觉。他总是拒绝想起她，拒绝两人可能的见面。然而到了现在，在这间无法离开的屋子里，他最渴望的居然是她。现在他可以说出来了，因为确定她不会听见。

有一天晚上，他正趴在桌子上写作，上方的白炽灯跳了一下，烧断了灯丝，灭掉了。他正在写一个要紧的情节，想叫外面的人来换。但屋外没有人理会他。他坐在黑暗的房间里，完全出于惯性，在什么都看不见的情况下在本子上写作。我需要一个崭新的灯泡，他在本子上详细描述了白炽灯的型号，灯泡的弧度，以及如同蚊子的长脚一般的灯丝。写着写着，他看见本子的页面发出淡淡的昏黄色的光。他有些惊讶地看见一个崭新的灯泡被描写了出来，栩栩如生地出现在他面前。他拿起这个描写出的灯泡，旋进了吊灯的灯座里。然后，白炽灯就亮了起来。

他被自己做的事惊住了。以前他从来没有想到有这种可能性。他关掉灯，在一片黑暗里抱着本子躺到床上，手里握着墨水笔。他再次想起前妻，想起两人曾经的温存，想起她在周日早上像个孩子一样赖床不起。好像她还在他的身边，这些好像昨天刚刚发生的。

我想念你。他轻声说。

他要描写她。他要重新把她创造出来。他要她永远不会离开他的生活。

在这间屋子里。

3

用文字创造一个生命是一件极其困难的事，那并不像雕塑一件
艺术品那样简单，栩栩如生的形象远远不够。他花了很长时间才明
白这一点。那时他已经失败了很多次，每一段描写的背后只是一个
刻板的剪影，仿佛凝固的照片。我需要做什么？他抱头沉思。直到
有一次他偶然写了一个片段，在一个场景中，他感觉到笔下的人物
有了点生气。时间，地点，人物与情节。必须借助故事。故事是纸
上的时间，一旦时间开始流动，生命的萌芽就在笔下慢慢绽放。他
写作的形式渐渐固定了下来。他开始写作小说。

出于保护她的考虑，他并没有简单把妻子的形象在本子上再现，
而是经过编造与改换，务必使阅读文字的人看不出她的原貌，只有
作为创作者的他心里知道，这就是她。这当然属于欺骗，和世界上
所有的作家一样，都在某种程度上说谎。他第一次模糊地意识到，
在诸多迷雾般的意义中，作家的其中一项使命就是通过谎言来还原
真相。从这个时候开始，他的身份改变了，从一个单纯靠写作吃饭
的写作者变成了一名小说家。

他创作出来的所有的女性形象，都有她的影子。最初的小说里
她的形象还稍显模糊，如同已经久远的记忆。随着一篇又一篇小说

的完成，她也从一个稚嫩的小女孩成长为成熟的女性，在小说里，也有男性人物在爱慕她。她的感情和性格一天天变得复杂而细微，有时她很像他的妻子，有时她像是一个完全不同的人。我并没有完全了解我的妻子，他伤感地想，我连自己笔下的人物都不了解。

他渐渐可以感觉她就在身边，那并不是幻觉。她的形象鲜明，仿佛伸手就可以碰到。她一定也感受到了他，只是两人仍然分属两个不同的世界。他是如此渴望触碰到她，倾听她的声音，以至于夜以继日地疯狂写作，直到有一天，他正在写新婚的两人散步在雨中，这时，他感觉有只手放在他的肩头。

他转过脸，看见了妻子。她微笑着看着他，头发湿漉漉的，好像才被细雨打湿。

"可以了，你可以休息一下了。"她说，"我们出去散一会儿步，你想去哪里？"

她握着他的手，带他离开。

这么久以来，他第一次离开了那间屋子。他几乎忘记了外面世界是什么样子。街上刚下了一场雨，空气是湿润的，他们走在江边的堤岸上，聆听外滩的钟声和渡轮的鸣笛。天还没有亮，城市空无一人。他们漫步在无人的夜晚，她凝视他的眼睛，似乎是想询问他还在担心什么。我害怕你会离开我，就和以前一样，他说。

但他有另一件担心的事。他害怕回到那间屋子里。

"那我们去更远一点的地方。"她说。

他们去了更远的地方。他们慢慢走在马尔代夫的沙滩上，细柔的白沙沾在她的小腿上。他们在波浪卷不到的地方坐下。这里是他们蜜月旅行的地方。他们每天都缱绻地依偎在一起，好像用掉了一生的慵懒。现在他们又来到了这里。

可是他还是觉得害怕。再远一点，他想，再远一点。

"还记得吗，那时我们在看纪录片，讲宇宙的尽头。"她把手覆盖在他眼睛上，"闭上眼睛，我们现在就去那里。"

他闭上了眼睛。

再次睁开时，他和妻子已经离开了马尔代夫的沙滩，他们坐在一个环形山的山顶，四周犹如月球一样荒芜。一颗无比巨大的红色恒星从地表下升了起来，光芒一直照耀着两人的面孔。她侧过脸，双眸如同晨星一般闪亮。

"孩子。"她说。

"孩子？"他问。

"构成我们身体的每一个原子，都来自恒星的光热运动。"她说，"所以，我们都是星星的孩子。"

星星的孩子。他想。妻子站在他面前，长发在星辰间飘拂。巨大的日冕，太阳风吹散了她的身体。她在他眼前逐渐消散，化为宇宙间的尘埃。他只来得及伸出手，闪耀着星光的尘埃落在他的手上。

我们都是星星的孩子。我们都是星星的尘埃。

他坐在空无一人的星球上，在环形山的山顶观看宇宙尽头的日出。恒星的诞生和死亡。恒星的光芒照疼了他的眼睛。

他独自坐在桌前，看着那盏白炽灯。

我们都是星星的孩子。他自言自语说。然后他的眼眶湿润了起来。

4

他消沉了一段时间，也许是很长一段时间。有很久他都没有再创作和妻子有关的故事，她长眠于他的文字中，他只是不想去唤醒她，即便在最孤独的时刻。每个人的人生其实都在孤独中度过。他决定体会真正的孤独，学会孤独地面对自己的人生，直到有一天，他会拥有那份和她再次见面的勇气。

在这段时间，写作作为他规律的生活方式保留下来，这是他每天的工作。和普通人一样，日出而作，日落而息，那盏灯就是他的太阳。他在无数个工作日里创作了很多的故事，这些故事有的平淡，有的瑰丽，有的异想天开，有的循规蹈矩，完全视乎他创作它们时的心情。今天，我想写一个什么样的故事？每天醒来，打开吊灯的时候他会这么问自己，然后，便投身于小说的写作。他是个勤奋而持久的作者，不完全依赖灵感的到来。事实上只有外行才需要灵感，真正像他这样靠写作吃饭的人一起床就工作。

他靠写作小说获得了稳定的号饭，也靠写作小说重新获得了时间的概念。如果说普通人的三百六十五天是一年的话，一个创作周期就是他的一个写作年。在第二个写作年他开始创作篇幅足够长的小说。用一个十几万字的故事写满了手头的本子。而这足以用来支付下一个写作年的伙食，他还有更多的故事，更长的小说需要写作。所以他需要时间，更多的时间。

长期写作不是轻松的事，如果没有适当的休息很容易从体力上拖垮写作者。通过长期摸索和修行，他慢慢了学会了去故事中旅行来放松自己。他去了世界上很多个地方，有的地方他曾经去过，那时他还没有被关进这个屋子写作，重游旧地让他有了不一样的体会。有的地方他从来没有去过，就连最疯狂的梦都没有梦见过。他在熙熙攘攘的城市人群中走过，谁都不会留意他一眼。他也在极夜的雪地中，在极光的陪伴下遥望一年一度的日出。

他见过神的创世，也见识过城市的毁灭。旅行到沙漠的沿岸，在一座神庙前他遇到过一名纯洁的少女。那名少女脸上有圣洁的光芒，于是他问她是谁。

"我是这个神庙的女巫，我是侍奉神的娼妓。"少女微笑着回答。

她是女巫，巫娼，神妓或者女祭司。她所在的城市以信仰而闻名。只有最美丽的女性才会被选中从事这一职业，在两年的时间里，她将把自己完全奉献给神，与每一个路过神庙的人交媾，只要你持有信仰，这便是你的过夜费。两年以后，她将重新成为一个普通的女孩，和她钟爱的少男结婚，生儿育女。

在她身为娼妓的第二年，野蛮的异族从北方而来。他们脸上涂着靛青的颜料，闪亮的铜盾上刻着狰狞的狼头，除了力量外别无信仰。这些人打败了所有的国家，最终要来毁灭这个城市。蛮族的首领们在神庙前看见了少女，由此改变了心意。"如果你们想保全你们的城市，必须献出她来。她侍奉得我们满意，我们便会离开。"

这个城市的居民们一致同意，除了少女自己。"我只把我的身体奉献给神，"她说，"我不会和无信仰的人过夜。"她逃跑了三次，露出最野蛮的表情恐吓接近她的蛮族，连蛮族的首领都惧怕和她对视。他们深深折服，于是决心毁灭这座城市。善良的居民们大为气恼，选择以献祭的方式取悦对手。居民们在鲜花盛开的日子把他们的女巫捆绑在木堆上，在吉利的时辰点燃了火堆。

"我诅咒你们。"少女的话语在火焰中升腾，"我诅咒你们被你们的信仰毁灭。"

她的诅咒得到应验。是夜，无数的硫黄从天而降，燃烧的火焰如瓢泼大雨。火山的岩浆覆盖了每一条街道。他看着这座城市和它的居民一起沉入了海底，然后离开那里继续旅行。

他的旅行依托于想象和记忆，在地图所能标记的最偏远的小岛，他看见了一个沉默的少年。少年站在残破的灯塔上，望着大海的方向，手里握着一把左轮手枪。

"我在等船。"少年拘谨地说。

这个海岛是文明的残余。岛上遍布了巨大的石像，石像上悲哀的表情像是一种隐喻。人们吃光了海里的鱼以及陪伴人类的海豚。最后只能向蒸汽船贩卖劳力，蒸汽船每十六年来临一次，接走把自己卖掉的成年人。男孩的父母离开了这个岛，把交换来的左轮手枪留给了孩子。手枪里没有子弹。

孩子随祖父长大，和邻居家的女孩要好。但他们都知道，有人注定将坐船离开。所以在订婚的当晚，她送给他一颗子弹做的项链作为礼物。

现在，男孩十六岁。蒸汽船快要来了，白色的鲸群在海岛边游弋。站在灯塔顶端的男孩最先看见了拖拽着蒸汽的灰影。那是来接他的船。

少年从项链上取下唯一的子弹，填入左轮枪的弹仓，然后抬起手臂，对准自己的太阳穴。

他露出拘谨的笑容，扣动了扳机。

5

一年年地过去，笔记本上的故事写到最后一页，又从第一页开始写起。尽管时间一度忘记了他的存在，但在他写了这么久的小说以后，它还是找到了他。他在故事里的小溪边坐下休息，溪水里映出了他的脸。他看见额头的皱纹，意识到自己正在衰老。

他听说远方有一个永远年轻的国家，国民们永享青春，于是不辞辛苦，放下手中的笔，旅行去了那里。年轻国是一座漂亮的城市，街道上行走的都是朝气蓬勃的人。他固然还没有成为老人，可是和他们相比仍然像个异类，于是禁不住问这里的人："你们有什么样的秘诀，可以永葆青春？是因为科学的奇迹吗？"

年轻人们耻于回答这个问题，脸上的表情带着年轻的哀伤。这个国家永远年轻，是因为消灭了老年。

很多年前，这里是个衰老而拥挤的国度。人口过剩，严重的老龄化，资源消耗殆尽，行将灭亡。那时的统治者是一个睿智的老人，经过冥思苦想，提出一项法律条文。老年人消耗资源，而且时日无多，为了国家的未来，必须消灭老年。只要超过一定年纪，就必须去医院接受安乐亡眠。全民公投如期召开，领袖通过热情的说辞，冷静的分析说服了所有国民。领袖更是以身作则，成为第一个消失的老人。老年人一个接一个地消失了，当年轻人衰老后，他们也毫无怨言地接受消失的命运。如此一代代过去，年轻国始终年轻。

"欢迎来到年轻国。"年轻人们对他说，"祝你永远年轻。"

这里不适合我，尽管非常奇特。不过他还是应邀逗留了一些时候，写下关于这个国家的所有故事才动身离开。衰老是不可避免的，所以老年人才如此喜欢孩子，他想，我也应该有个孩子，我就快要老了。

回去的路上，他经过一个被瘟疫摧毁的村庄（这时他正在写一部和瘟疫有关的小说，小说里有个叫加缪的作家正在创作一个名叫

《鼠疫》的故事），村庄空无一人，只有一个流浪狗一样的孩子在垃圾堆里翻找吃的。骨瘦如柴的孩子挡住他的去路，用怯怯的凶恶腔调提议说："给我点吃的，不然我往你的衣服上喷鼻涕，你知道，病毒是通过鼻涕传播的。"

他看了这个孩子一会儿，不可遏制地大笑起来，一直笑出了眼泪。

那其实只是个六七岁的小女孩，在这场瘟疫中失去了父母。他把能够想到的食物都给了眼前这个小强盗。当他要走的时候，小女孩拉住了他的衣角，肮脏的脸上，一双眼睛明亮得出奇，如同受惊的小鹿。

"你是想跟着我吗？"他说。

小女孩点了点头，眼睛眨了一下。

他收留了这个孩子，带她乘坐南瓜马车去到各个繁华的城镇。她成了他的旅伴。在他写作时，她要么安静地待在一旁，要么趴在座位上休息。他不再感到寂寞。在旅程中，他告诉了她关于这个世界的知识，讲述了许多奇妙的故事。他的小女孩在故事中渐渐长大，即便现在还年幼，可是已经看得出她以后会有多么漂亮。

我不能一直带着她，总有一天她会长大。他想，必须给她找个归宿，一个可以尽量避免她受到伤害的地方。

于是，他带她去了一个传闻已久的地方。那里是个女人掌握一切的世界，完完全全的女权社会。在那里，男人像树，女人像花。树虽挺拔却易断折，花虽柔弱却孕育果实。向导是个苗条的姑娘，好奇地问他从哪里来。

"我来自性别平等的世界（也许男性拥有的权利和义务更多）。"他说。

"太奇妙了。"姑娘们惊讶地说，"女男怎么可能平等？男人们只是种马一样的存在。他们最大的使命就是提供优良基因。所以我们每年都举行运动赛事，来选拔最有力的种子。"

"那么爱情呢？你们难道不会和最爱的人结婚生子吗？"

"我们不会。"姑娘们摇头，"如果有好感我们会和男人们过夜。但是配对基因完全由电脑统一负责。电脑会筛选最适合我们的男性种子。生育和爱情无关，属于种族行为。"

他忧虑地看着女孩，不知道是否应该把她留下。他的小女孩目不转睛地盯着他，紧紧拉着他的手。

他叹了口气，带她离开了那个地方。

"别抛下我。你去哪里，我就去哪里。"女孩红着眼睛说，"为什么你不带我回家呢？带我回去那个你来的地方？"

他没法告诉她，他住在一个小小的房间里，一个他永远无法离开的屋子。他不能让她也在那里。

"我是个写小说的。"他说。

"我知道你在写故事。"小女孩说，"我看见你在本子上写东西。可是，你为什么写呢？"

"为了吃饭。"他轻轻说，"为了换口饭吃。"

他为她创造了一个美妙绝伦的故事，带她去了故事里。在那个小说中，美好得以保存，他的文字会保护她。等她睡着了，他把她留在了那里，悄悄离开了那个故事，回去了他的屋子。

他后来又收留了许多孩子。有的孩子天生残疾，有的孩子与父母离散，有的孩子长相好看，有的孩子反应迟钝。他短暂地照顾他们，然后把这些孩子安置在不同的故事里。有趣的是，所有的孩子都会问他为什么写作。

他想起来他收养的第一个孩子，那个小女孩。在最后一个晚上，他告诉她，不管是故事里还是现实中，其实每个人都一样，每个人都是星星的孩子。

"我们每个人都是星星的孩子吗？"小女孩问，"那么你和我都是？"

"是的，我们都是。"

小女孩翻来覆去地看自己的身体，好像有点失望的样子。

"可是，为什么我们不会像星星那样发光呢？"她伸出手问，"你看，没有发光。"

"我们会通过不同的方式散发光芒。"他说，"可能有的光很淡，不太能看见。也许只是一瞬间。就算只有那一瞬间，就已经足够了。"

6

写作改变了他的身份，也改变了他的性格。他逐渐成为一个安静的人，和刚进入这个屋子时相比，不再愤愤不平，诅咒万物，认为世间不公。就连他们按照作品质量发给他的伙食他也不再关心。就好像有时他倾力写出一个自己再也无法复述的故事，却换来残羹冷炙，而完全出于嘲讽完成的游戏之作，却带来了嘲讽般的佳肴好评。以前他一直以为自己就是为了获得这些肯定才努力创作，可是现在他知道他不是。他甚至都没再考虑过离开这个房间。

在漫长的创作生涯里，描绘了那么多细致的表情，了解了在轻浮语言的掩饰下，也许有最深沉的情感存在。（有时语言作为载体过于轻薄。）作为一个小说家，之前他已经完成了无以计数的故事，尽力探究了写作的可能性。有些事物存在于那最精微的语言都不能到达的地方，如今他已经感觉到了它的存在，看见了依稀的光芒，并且模糊地意识到，那最终的无法逃避的命运。

他的结局早已注定，早在他拿起笔开始写作的那一刻。

他停笔思考了很久，久到每个人都认为他放弃了写作，以为他再也写不出一部像样的小说终于有一天，就和第一次写作时一样，他又坐在了那张书桌前，调亮灯光，拿起笔，打开了笔记本，用最简单的语言在本子上写下了一个故事的开头。

故事开始于这样的文字（一个名叫保罗·奥斯特的人写过同样的话）。

"我醒来后，发现自己躺在一间房间里。

"房间不大，而且几乎没有装修过。朝南的窗和朝西的门，似乎都无法从室内打开。门边的墙上挂着一台电话。房间正中的一张书桌上，放着一本皮封面的本子，一支笔。书桌正上方悬挂着一盏小灯。除此以外，一无所有……"

这个小说无疑已经接近了所有秘密的核心。就在他写下这样的文字时，墙上的电话响了起来。很久很久以来，自从上次电话里告诉他必须写作那时开始，他们再一次给他打来了电话。

他接起了电话。

"我们认为，已经到了这样一个成熟的时刻，鉴于你长久以来的写作，现在我们考虑让你离开这个屋子。"

电话里的声音温和，平静，有如机器，就和很久前一样。

"条件是，只要你认可我们要求你认的所有罪名，那么，你就可以离开这里。我们知道这正是你一直以来所努力的目标。你终于可以获得我们的允许离开，只要你答应我们的协议。"

这正是他一直以来所努力的目标。他自嘲地想，只要我认可。罪名什么的都无所谓，那只是诸多虚构中最肤浅的虚构。可是关键之处并不在这里。通过写作，他已经对文字和语言的奥秘有足够的理解，不会犯下如此幼稚的错误。关键在于他必须承认他不能离开这个屋子。这就是他们设下的圈套，只要他承认他无法离开，那么，即便他们允许，他在形式上离开了这个房间，实质上他将永远摆脱不了屋子的存在。

因为是他自己承认了这个屋子的存在。

一旦他承认，他就会被永远囚禁在这里。不管是形式还是内容。

他拿着话筒沉默了很久，然后说出了他的答案。

"不，"他轻轻说，"我不接受。"

电话挂断了。

作为惩罚，他们拿走了那本皮封面的本子和那支笔，终止了他的写作。

7

究竟写作属于天赋，还是隶属后天塑造的能力？作为一种述说的权利，它是否可以被剥夺？这些也许并不重要，重要的是生命开始于无法预期的时间，也终结于意想不到的时刻。作家同时有两种生命，一种是作为普通人的，一种是作为写作者的。有的作家的写作生命远远短于自身的寿命，有的作家的生命则短于他的写作。不过无论如何，结果都大致相同，谁都不可能例外。生命有始有终。

我最后还是会离开的。他想。

他已经感觉到自己正在走向旅程的尽头。寒冷正在一丝丝侵入体内，病痛又折磨着他的神经，就算他用被单把自己完全包裹起来也无济于事。为什么新生儿到世间的第一个反应是啼哭？是因为他们察觉到生命本身是苦难的开始吗？为什么死者最后的表情是释然，是因为他们终于解脱了所有的痛苦吗？痛苦到底是作为意志，还是作为表象存在？

我不想考虑这些，他想。我只想写小说。

留给他的时间已经不多了。心脏的跳动趋于静止，神经的反应也在衰退，甚至那些寒冷和疼痛的感觉都渐渐离开了他。只有想象中的创作还在继续。那一点微不足道的亮光，闪动在他的脑海里，指引他在一片黑暗和混沌中继续前行。

还有一个故事。他边走边想。

他已经游历了世界许多个地方，身体已经觉得疲惫，但是还有更遥远的地方等待着他。他和年轻的木匠短暂同路，那个木匠眼里有和善和怜悯。我知道你的结局，可是我不能告诉你。他对那个木匠说，有一天，你的故事会成为真实。在沙漠的深处，有个男孩埋葬了同伴，流沙夺去了年轻的生命。你还会有新的伙伴，他们将帮助你完成你的使命。他走过战场，走过那些失败的云烟，走过那些无人缅怀的墓碑。疲累时，曾经停在一棵菩提树下休息，甜蜜的恋人在树荫里亲吻，有个清瘦的僧人微笑着在树下坐化。一条生命的大河流过树旁，东逝而去。河中漂浮着幸福安详，秽物尸体。无数的男女在河边迎着朝阳晨浴。人生苦难犹如恒河沙，每个人所承受的只是其中最不起眼的一粒。

他沿河而行，继续他的旅程，河流消逝，又再出现，然后再次消逝。他走到一切的初始和结尾，又从结尾走向初始。直到有一天，他感觉他所寻找的东西已经近在咫尺，于是停下脚步。

他看见了星辰大海。

前面有许多人在等待他。他还认得出其中的几个，那个美丽的女巫，灯塔上的少年，年轻与年老的人们。他看见了他的父母，也看见了一度消失的妻子，还有每一个他收留过的孩子。他看见了所有爱着他和他所爱的人。他们都在等待他。

那个他曾经收养的小女孩站在他的面前，伸出手臂。

"你看，在发光。"女孩微笑说。

她的身体在散发很好看的光，不只是她，就连他自己的身体也在发光。她拉起他的手，向前面那个闪耀着光芒的世界走去，那是他创造的世界，所有的文字都在闪光。他终于写完了所有的小说，成了他所完成的最后一个故事。于是他离开了，离开了曾经禁锢他的所有一切，再也没有回去。

屋子被打扫干净，书桌上换上一本新的本子和一支新的笔。

　　一个脸色苍白的年轻人在房间里醒来。他呆板地坐在桌前，在灯光下看着周围一切。然后电话铃响了起来。

知更鸟女孩

Love means never having to say you're sorry.

很久以前，在我还很年轻时，我遇到过一个知更鸟女孩，这是真的。那时我对未来还有很多憧憬，那憧憬又有很大一部分是在女孩身上的，和漂亮女孩约会对我来说便是人生梦想的一部分。

但我不知道对方是知更鸟女孩，真的，我不知道。如果知道了，我断断然是不会去约会她的，更不会在约会之后喜欢上她，从而落入糟糕透顶的恋爱悲剧里——或许我喜欢看悲剧小说，但如果成了悲剧小说里的人物，那是很煎熬的事。尤其是，还仅仅身为一个配角的时候。

我是在大学的图书馆遇见她的。那段时间，去学院的图书馆是我每天必做的功课。虽然是这样，但我以前从来没有看见过她。我大学已经读了两年，图书馆至少已经去过两百次，却从来没有遇见过她，这真是一件奇怪的事。

那是三月的一天，忘了是星期几了，但肯定不是周末，周末很少有女生会来看书，我也很少来。总之是个平平淡淡的日子，除了她以外，简直无足挂齿。

好像当时我正捧着一本德国古典哲学书在看，要么就是一本和哲学家有关的传记。记得里面有尼采和莎乐美的情事。整本书也就这么点可读的东西。所以当我读完了这段八卦以后，就失去了继续阅读的兴趣。我合起书本，先是仰头，视线无目的地落在天花板的古老吊灯上。这吊灯从来没有见它亮起过，如果不是因为学校吝啬电费，那就是本来就是坏的，仿佛只是一个纯粹的装饰品。从它那犹如破落贵族的古老情趣上，我推测它大致是二十世纪三四十年代的产物，有一种离乱岁月中才会得以体现的哀伤感。不过，也可能我的推测都是错误的。这个吊灯仅仅是几年前装上去的，只不过因长年无人打扫积尘而显得陈旧。

我对一个脏兮兮的吊灯浮想联翩，可见我确实是感到了无聊。我自己也很明白。然后，我低头，视线随机落在了桌子的斜对面。那一瞬间，我的头脑变得一片空白，视线无法在任何目标上聚焦。耳朵听不到一点声音，却又迷迷糊糊觉得有人在远处轻声哼着歌曲。我得了最迅速和最致命的心脏病，它紧缩成一团，然后像铁锤一样从身体里重重捶打胸腔。

我看见了一个女孩。

女孩很简单地坐在那里，是一种其他女孩无法模仿的简单，身体微微前倾，头略略地侧向一边，左手放在书本的页面上，右手轻轻捧着脸。她身上有柔和的光,不过这应该是我的错觉,是傍晚的光线和图书馆的安静一起导致的错觉。女孩穿着白色衬衫,外面套了一件深灰色的绒线大衣。也许是最简单的搭配,但即便到了现在,我也没能再次看见如此简单又如此让人难忘的装扮。她的头低着,耳轮很动人。头发在脑后随便系了个马尾,我还没见到她的面孔,但似乎已经知道了她的样子,我也不明白为什么。

那一刻,也许我看见的是自己的悲剧。

她是个清秀的女孩。可能不是所有人都觉得她漂亮。但漂亮是一种很含糊的概念。她的清秀是那种罕见的,只有很少的女性在很年轻的时候才会显露的清澈,只有这么一刻短短的时间。而我就看见了这个时候的她。

实际上也没法不注意到她,因为我所在的长桌在图书馆的角落里,桌边只有我和她两个人。可为什么直到现在我才感觉到她的存在呢?我想了想,记得在自己坐下时对面确实是没有人的。她是在我读书以后才来到这里的。

她换了一个坐姿,改为右手翻页,左手支着脸颊。阳光照在她的侧脸上,她的头发和皮肤都成了金黄色。女孩大概感觉到了光照,所以抬起右手遮住了右边的面孔。右腕的衬衫袖口沾了一点蓝色的墨水痕迹。我想她应该是个用功读书的女孩。

正当我猜测对方看的是什么书的时候,忽然察觉她的身体在轻轻颤动,从头发到肩膀,再到遮着脸的双手,都在不规则地颤动着。

我不明白她怎么了。后来，当我听见眼泪滴在书页上的声音的时候，我才明白发生了什么。

她在哭泣。

我不知道世界上还有没有人遇到过我正在遇到的事。在一个寂静到仿佛其他人都不存在的地方，看见一个你一见就为之心动的女孩，但那个女孩却显然在哭泣，那种不出任何声音的哭的方式。

她安静地在书桌那边流着眼泪，双手合起来遮住了面孔，眼泪从腮边滑下，她用手背擦掉一次，过了会又擦掉一次，然后低下头，两只手垂下去伸进口袋里，但什么也没有拿出来，最后还是抬起手背抹拭脸颊。

我默默地坐在椅子上，想了很久，才从外套口袋里翻出条白色手帕。我没有带手帕的习惯。男生带手帕出门总让人觉得蛮古怪的。可能我那天正好是个古怪的人，带的还是条大得足以当飞行员颈巾的白色方手帕。

我把手帕从桌面上递过去，放在女孩的书边，然后低头看书。她似乎感觉到了，身体有那么一下短短的僵硬，迟疑了片刻后，她还是把手帕拿了起来，用它擦掉泪痕。又过了一会，她显然止住了眼泪。后来她就一直把手帕紧紧攥在手里，继续读她的那本东西。

我翻了很长时间的书，一页一页地翻过去。实际上头脑空白一片，眼睛里什么也没有看见。等到天花板上的日光灯跳亮了起来，我才站起身。

女孩有点不知所措。她握着白手帕，可能是不知道应该还给我还是继续留着，于是抬起面孔看着我。她的眼睛带着一丝不安，让我想起受惊的小鸟，很明亮，有一种我熟悉的东西在里面。可我一时还不明白。

　　"我去还书，不想看了。"我说，"你还要继续？"

　　她想了想，也摇了摇头，随即合起书本，随我站了起来。她的性格似乎很随和。

　　还书时，我留意看了看她的那本书。埃里奇·西格尔的《爱情故事》。银行家的儿子在大学里爱上了面包师的女儿，超级简单的情节，结尾是悲剧。我也看过这本小说，不过没有哭就是了。有谁会为了一个爱情故事哭泣呢，而且还是远在美国的，二十世纪七十年代的古老故事。

　　我和她走出图书馆，两个人都默默地，毕竟都不认识。我们一直走到了门口。在门口，她停了下来，可能想和我说再会什么的，然后各走各的。但我不想这样。就在她开口前，我鼓起勇气先开口了。

　　"你留着好了。"我解释了一下，"手帕。"

　　"谢谢……"她小声说。

　　"其实不用谢。"我说，"你请我吃晚饭好吗？"

　　我话说得很快，她一开始很可能没有听清楚。但过了两三秒钟，从她多少带着惊异的表情来看，虽然她完全听明白了我的话，但还是不明白我的意思。所以我只能低声再重复了一遍。

"请我吃饭好吗？"

"为什么啊？"她多少反应了过来。

"我饿了，饭卡里没钱了。"我说，"在图书馆等了一下午，没有碰到认识的人。"

我知道这个理由牵强到犹如火星人入侵地球，可实在想不出别的借口。女孩看了看我，表情多少有点莫名。接着她耸了下肩膀，表示可以。她确实是个随和的姑娘，而且显然很善良。

接着我们就去了食堂，现在就吃晚餐稍微早了点，但也别无他法。中途我们只说了两句话。她问我吃什么，我说和你一样吧。结果她打了两份同样的套餐。

吃饭时也没怎么说话。她有些闷闷不乐，饭也只吃了一小半。由于身处同等气氛里，于是我闷闷地吃光了自己的那份饭。

"你的那份，可以么？"我搭话问。

她点了点头。于是我又吃光了她的那半份。实际上这已经超出了我的饭量。我并非饭桶，此举纯粹是为了拖延时间。我暗暗希望她没有看出来。

"我也读过《爱情故事》。"我说。

"哦。"

"中学时读的。"

"嗯。"

我有些泄气，于是闭口不说了。女孩好像觉得自己态度过于冷淡，有点抱歉地看了看我。

"我不太适应……"她轻轻解释了句，"……和不熟悉的人说话。"

我默然点头，表示理解。

"我也不太适应，蹭陌生同学的饭。"

她偏了下头，笑起来，脑后的马尾辫也调侃似的跳了一下。之后她整个人仿佛放松了很多。

我好容易对付完了晚餐。接着两人去退了餐具。

"我说，你没看过电影吧？"

"电影？"

"阿瑟·希勒导演的，女主角艾丽·麦古奥还得了金球奖。编剧倒还是埃里奇·西格尔。"

"哦，小说改编的么？"她摇了摇头，"是没看过。"

"嗯……那么……"我犹豫了一会儿，问，"等下你有事情么？"

她从旁边看了我一眼。我专注地望前面的地面。

"事情是没有，不过，你到底想说什么？"

"学校的电影厅正在放这个片子，所以，我……想请你看这个电影，晚上。"

她有一阵没说话。我不敢去看她的表情，只能继续专注于地面。

"我没听错吧，你是要请我看电影？"她问。

"原则上是这个意思。"

女孩叹了口气。

"这位同学，我们不是很熟吧？"

"不是不熟，而是根本不认识。"我也老实说。

"那为什么你要……"

"为了报答刚才的晚餐。"我勉强回答说，为了加强说服力，又补充了一句，"而且你又刚看过小说。"

"……"

"电影拍得不错。1971年的奥斯卡最佳原创配乐奖，音乐很动人。咖啡店里经常播放。"

"知道得蛮多的么。"女孩漠然将双手插在大衣口袋里，"问个问题，你不是没钱了么，还要我带你吃晚饭，怎么还能请我看电影的？"

"这个……管理放映厅的是我的朋友，所以很好办。"

"是么？"她瞥我一眼，语气很难说是相信。

"是的。"我硬撑着肯定。

"可是，我……"

女孩发了会怔，似乎足足有一分钟没有说话。我觉得这一分钟里我随时会因心脏病发作倒地死掉。

一分钟后，她再次轻微地叹了口气。

"那么，电影什么时候开始？"她问。

我觉得她真的是随和而善良的姑娘。

说电影放映员是朋友，倒也并非完全是谎话。我算是个电影迷，在大学前两年时间里是电影放映室的常客，有时会在那里混到半夜，如此就和管理员混熟了。半夜我们常一起吃泡面。遇到难得一见的片源，对方也会主动告知，就是这样的交情。

实际这天晚上本来不是放《爱情故事》，但因为有这样的交情存在，所以，我们来到放映室后，看的就是这部二十世纪七十年代美国著名的爱情电影。放映厅没几个人，大概大家对老片子并不感兴趣。其实是非常好看的，始终有一股淡淡的哀伤感。伤感的爱情才感人。

电影仿佛是在哭哭啼啼中进行的。尽管身边是我这个陌生人，尽管看过了小说，但当那句著名的台词"Love means never having to say you're sorry"出现时，她已经泣不成声。

我知道她一定会哭的。很久前我第一次看时也很狼狈。我条件反射似的伸手入外套口袋，找了一会儿，才记得手帕已经给了她。女孩大概也想了起来，于是从口袋里拿了出来，抹掉脸上泪水。

在她擦去泪水的时候，我在旁边一直纳闷，感觉就好像从前某天，也曾带她来看过电影，就是这部《爱情故事》，而且，她那时也哭了。我对她就有这样一种熟悉的感觉。

我们默默坐在座位上，在伤感的结尾曲中看着片尾英文的演职员字幕一页一页翻过。直到音乐结束很久后，我们仍然没有离开。

"你是不是想……再看下去？"我问。

她摇头。

外面天已经全部黑了下来。学生们或去教室自习，或者已经离开教室回家，天气有点偏冷，路上有点冷清。我把手插在裤兜里，慢慢陪她往前方行走，内心惆怅，因为觉得她随时可能告别离开。

"你好像无动于衷的样子，"女孩说，"刚才看电影的时候。"

"看了很多遍了。"我回答，"第一次看时最难过，后来就习惯了。"

"你看过很多次，那为什么还要带我去看？"她有些疑惑。

"每一次和不同的人去看时，觉得都像是一部新的电影。"

"经常带女生去看？"

"大学里你是第一个。"我说，"另外去年带同寝室的一个男生去看过，情人节的时候。"

"男生？"

"哭得太厉害了。我假装不认识他。那天他失恋。"

女孩笑了起来，但很快就不笑了，低下头去。

"你有事么？"她轻声问，"陪我走一段好么？"

我点头。这正是我祈祷的。

我们绕着学校的操场行走。操场旁的篮球场仍然有男生在打三对三篮球。旁边有几个女生坐在栏杆上看着，脚下有一堆书包，有一个女生在抽烟，黑夜里烟头伴着篮球拍击的节奏一亮一亮的。走过篮球场便来到了河边。这是条人工河，一直通往校外的湖泊。我们从拱形石桥上走到河的另一边。夏天河边是谈情说爱的好地方，常被很多情侣占据。不过现在春寒料峭，路灯又远又暗，天黑后也没什么学生在河边背外语单词。倒是有微微的风掠过河面，一些水草样的植物不时拂动。

她慢慢走到河边，立在那里望向对面有灯光的地方。她穿着一条深蓝色的牛仔裤，很简单的白运动鞋，裹着灰外套的身子显得很单薄。后来，我们在河岸上坐了下来，就坐在岸边的木椅上。木椅旁的灌木抽着绿芽。女孩把手插在大衣口袋里，稍稍弯腰，仿佛在仔细看着河水下面的景色，眼神茫然。

"在想电影？"我问。

"不，不是。"她说，"今天心情不好。"

"哦。"

我默然。

"看了电影反而好多了。"隔了很大一会儿，她说，"问你个事情可以么？"

"可以啊。"

"嗯……你失恋过没有？"

"……当然。"我说，"经常还没有开始就失恋了。"

"……"

"每次对方说对不起的时候，我就想起那句台词：Love means never having to say you're sorry. 可惜一直没用上……"

我忽然感觉到有点异样，转过去看她时，发觉她的眼圈已经发红了。

"对不起，我只是在开玩笑……"

"没什么，不关你的事。"

她抽出手捂住眼睛上。很弱的吸气声。我则看着河面上月亮的倒影，倒影模模糊糊的。

"不想再哭了。一天两次已经够多了。"

"……三次也可以的。"

"……图书馆里的时候你就看见了吧……"

"那时我以为你在看悲剧小说。觉得女孩看《爱情故事》流泪是正常的。"我停了一下，问，"是因为感情问题？"

女孩很安静地点了点头。她安静了好一会儿。

"其实是昨天收到的分手信。不过之前已经冷淡很久了。晚上睡觉还没觉得什么，可是今天在图书馆里，不知道为什么越来越难过。觉得太委屈了。怎么会这样呢？怎么说分手就分手了呢？之前那些喜欢都到哪里去了？为什么我会一个人孤零零地坐在图书馆里呢？"

我不知道她是在问我，还是在自言自语。但我觉得我的心同样裂了开来。一个中意的女孩在谈论让她伤心的恋人，而我只是听众。那些话好像冰水一样灌入我心脏的裂口。

"原因是什么？性格不合？"我平静地问。

"我不知道。他提出来的。"女孩想了想，"应该不是性格不合的原因。我们认识很久了。小学就在同一个学校，中学也是。虽然后来文理不同班，但始终很合拍，几乎没有谁对谁表白过，就自然走在了一起。家里住得也近，高中最后两年我常去他家复习功课的。性格上，他虽然有点大男子主义，却很照顾我。"

"那为什么分手？"

"大概上了不同的大学吧。他喜欢北方，而我高考却要回到这个城市。因为父母说总要回来的。于是我就考了回来。从小城市回到这里，感觉都不适应了……"

她还没有说完，可是一下子我全都明白过来了。他们为什么分手，我又为什么觉得她熟悉。我早就该知道这种感觉，早在看见她的那一刻时就应该知道。

"你是知更鸟的孩子吧？"我轻声说。

她怔了一下，脸向我转了过来，眼睛里带着些疑惑。但那疑惑很快消退了，她几乎立刻明白了这个称呼，眼睛都明亮了起来。

"是的，我是知更鸟的孩子。"女孩说，"我是知更鸟女孩。"

也只有知更鸟的后代能这么快理解这个名字的含义。她确实是的。她是知更鸟女孩。二十多年前，她的父母们接受某种上天的启示，接受了某种命运，离开了我现在所处的这个城市，背井离乡，迁徙去了别的什么地方，并在那些地方留下来，生活，组成家庭，生育后代。他们成为第一代的知更鸟。而他们的后代，就成了标准的知更鸟的孩子。这些孩子又接受了自身的命运，在长大后，总有一天会离开那些地方，迁徙回这个原来的陌生的故乡。

"你怎么知道我是的？"她问。

"我有朋友也是知更鸟的孩子。"我解释说，"知更鸟的孩子感觉都很像。"

"很像？"

"说话的方式，看东西的眼神，对待人的态度，总之是气场吧。"

"是么？"她看了我一会儿，转回脸去，"那么，你理解怎么会分手了的吧？"

"能够理解的。"我说，"我来说吧，如果不对你再补充。"

她点点头。

"你们原来是在一个小城市，从小在一起，互相熟悉，互有好感，所以自然而然成为恋人。那时，你没有意识到自己知更鸟孩子的身份，也许你们以为这点并不重要。可这恰恰是最关键的。有一天，你会从那个小地方回到这个城市，这是命运的安排，你根本无法抗拒。如果他可以接受这一点，那他也许会跟随你的迁徙。可是，他有自己的飞行方向，和你的恰恰相反。即便你们可以忽略遥远的距离，两地奔波，一起度过大学的几年时间。两人最终还是会分隔开，这是由气候、生活习性、对栖息地的适应所决定的。谁都没有过错，就是无法违抗。总之是，爱情敌不过距离。哪怕你会飞行。更何况不是距离这么简单。"

知更鸟女孩一动不动坐在我旁边，感觉像极了收拢翅膀的小鸟。

"是的。就是这样的。你全说对了。"她轻轻叹息，"本来我很难过的。可是听你这么一说，我倒觉得平静极了。就是很孤单。从小一直就感觉孤单极了。"

"可能是累了吧。"

"可能。看电影时哭累了。"

我们不再说话，默默地看着河面。河面被风吹起了涟漪，一圈圈地漾开。夜里有点冷。她身体都蜷缩了起来。

"你真的和很多人看过那部电影？"

"也不是很多。"

她微微一笑，把头靠在我肩膀上。也许她真的觉得疲倦了。我很想抱一下她，可我动都动不了，连个手指头都抬不起来。我的心都快跳出来了。

"就靠一下，可以么？"

"当然。"

"不知道为什么，觉得你很亲切。"她悄声说，"可是我们明明才认识。"

"……"

她闭上了眼睛。我觉得她像是快要睡着了。可是感觉只过了一小会，她就又睁开了眼睛。而且坐直了身体，不再靠着我。我怅然若失。

"我在想你的话，确实，我是知更鸟女孩。那么，我是不是应该找一个知更鸟男孩才是最合适的呢？”

“……我不知道，也许吧。”我说。

女孩抬起手腕看了看时间。

“已经很晚了，我想我要回去了。”

“哦，好的。”

“谢谢你的电影，哦，对了，还有手帕。”

她把手帕从口袋里取出，勾在指头上。这时，正好有风吹过，手帕飞了起来，很缓慢地飘落下来，覆盖上了河水。我和她目送手帕像白色的水鸟一样漂向远处。

“啊，对不起……”

“这是我唯一的一条手帕……”

“你又在开玩笑，是吧？” 她看了看我，微笑起来，“我会还你一条的，放心。”

“手帕没关系。不过，”我说，“我还能见到你么？”

“当然。”

女孩站起身，整理下衣服。

“明天图书馆见吧。我还你一条手帕。”

“图书馆？”

“我不太去那里，不过明天我会去的。”她说，“那么，再见？”

“不用我送了？”

“不用了。我不住学校里，家住挺远的。”

"哦，好的，再见。"

"明天见。"

她向我扬了扬手，转身走了。

我坐在木椅上看着她走远了。直到她苗条的身影消失以后，我才意识到，我居然还不知道她的名字，连她学什么专业的都不知道。不过，既然明天约好了在图书馆见，那就明天再问她好了。

然而我从此再也没有见过她。

当天晚上我因为急性阑尾炎发作进医院动了手术。一个星期后才出院。

出院后第一件事就是去图书馆找她。但她不在那里。我在图书馆守候了一个月，却始终没有见到她的身影。

之后两年也是同样。

直到我毕业为止，我再也没有在学校里见过她。就好像她从来没有存在过一样，或者是，仅仅存在过那么一个下午和晚上，正好被我看见了。

我只遇见她那一次。

我想再次遇见她，我有一些话想对她说。我后悔那天晚上没有告诉她。如果告诉她了，也许一切就都不一样了。也许她也就会一直在图书馆里等着我了。

是的，我想告诉那个偶然遇见的女孩。你是知更鸟女孩，而我也是知更鸟的孩子。我很抱歉没有在那个晚上告诉你。因为我一直小心地掩饰自己的身份。连我自己都忘了。但看见了你，我才想了起来。

事实上《爱情故事》我只看了三遍。第一遍是中学时在初恋女友的家里看的。看完了电影后，我有了第一次接吻的经历。我和初恋的女孩都以为只要相爱就不会有悲剧。但两人都忘记了一件事。我是知更鸟的后代。在我必须迁徙回到现在这个城市的时候，她一遍又一遍地问我为什么离开她。她是很柔弱的鸟类品种，离开出生地就无法存活。而我却不能不迁徙。没有为什么。我对她说，因为我是知更鸟的孩子，所以无法留下。

我害怕迁徙，害怕离别，害怕那种撕扯内心的东西。我害怕自己的命运。别人也许不能理解。可是你一定能理解的吧。因为你是知更鸟女孩，背负了同样的东西。我们都是知更鸟的孩子，知更鸟的孩子在一起会相亲相爱的。应该是这样的吧。

可是我再也没有遇见她。

时间渐渐过去，我毕业，工作，去了别的地方，又离开别的地方，回到了这个城市。在旅途中，我也遇到过另一些知更鸟的孩子。我们在茫茫人海中认出了对方，然后擦肩而过。孩子之间很容易就互相认出对方。但我们都学会了掩饰自己，不轻易表露自己的真实身份。

奇怪的是，越是时间流逝，我就越是想念那个在图书馆里哭泣的女孩。可我已经记不得她的样貌，只能回想起那依稀的清秀。那种清秀非常罕见。

只有一次，我在看一部日本爱情动作片时，在里面那个不怎么有名的女优脸上发现了它。

我收集了所能找到的几乎所有这名女优的电影。

有一天，我的新女友在电脑里发现了这些影片。"怎么都是一个人的啊，也太乏味了吧。"她笑我说。

"不，你不明白的。"我喃喃地回答她。

因为你不是知更鸟的孩子。

是的，我现在的女友并非和我一样是知更鸟的后代。她生长在这个城市，普普通通地长大，普普通通地生活。在我看来，她是普通鸟类抚育出的普通小鸟。但这并不妨碍我喜欢她。我喜欢和她在一起的安详和轻松，喜欢她笑起来的样子。我已经在天空飞行了很久，一个人飞行是很累的。我想降落在她身边。如果可能的话，以后我也不想离开她到别的什么地方去。

可是，在我的内心深处，始终有翅膀扇动的声音。它提醒着我，自己和别人的不同。

我还是会经常想起那个知更鸟女孩，但那已经和爱情无关。我只是希望有一天能在某处和她再次相遇。然后告诉她，这个世界上还有很多像我们一样的知更鸟的孩子。我们并不是孤单的。

我们四处迁徙，我们随遇而安。我们从一个地方飞到另一个地方，在熟悉的城市，在不熟悉的城市，有一天，当我们飞累了，我们便会降落在某处，把翅膀收拢起来。但我们的心永远都在别处，在这里，在那里。在每个地方，在我们的心里。

小说家

你为什么要写小说呢？

这个问题很蠢，但我又必须问。

秋天时，我住进了旅馆。旅馆位于一个名不见经传的角落，靠近海边，附近没有商场游乐园，没有港口码头，可谓集偏僻冷清固执于一体，甚至没有固定的班车可以抵达，连出租车司机都没有听说过那里。我下了车又走了很久，就像预约电话里对方介绍的那样，直到听到海水的声音，才远远看见了旅馆的轮廓（你离开公路往东走，走到听到海潮的声音时，就能看见了，祝你好运）。那是一个三层楼的独栋建筑，依稀带有殖民地时期的风格，和外滩那边某些陈旧建筑有些像。走进旅馆，几乎没有多余的人，只能看见孤单陈列的前台，感觉这里萧条得像是所有旅馆经营者的噩梦。

办理了入住手续后，我拿到了房间钥匙，旅馆一共只有三层楼，不到十间房。我住在二楼的一间（景观房，先生，可以看到海滩）。在入住的傍晚，我来到了海边，旅馆离海岸非常近，海浪好像直接拍打在墙壁上似的。我坐在岸边的礁石上，然后就看见了那名少女。

现在我仍然能够想起第一次看见娜娜时的情景，这是一个昏暗的下午，回头可以看见旅馆的轮廓，只有两间房间亮起了灯。一间是底楼的图书馆，一间是三楼的客房。一位少女从防波堤的远端走来，看了看我这边，稍微点了点头，像是和我打了个招呼一样。她穿着连衣裙，傍晚的光线从她身后出现。始终昏暗的世界，仿佛也明亮了起来。

我几乎没有办法开口说话。从那一刻起我开始明白一个道理，人类在面对真正完美的美时会失去语言。美是一种庞然大物，它会将语言这种形式的存在击打得粉身碎骨，顺带着将语言的载体，比如说我这样的人，踹进无比凄惨的境地里。

然后她从我身边经过，向旅馆走了过去，消失了。

之后的几天里，我都没有遇见海边的少女。事实上旅馆的客人异常地少。似乎除了永驻前台的教书先生外，只有三楼的一位老妇。我倒是在底楼的图书馆碰见过她。这家旅馆有个异常像样的图书室，因为太像样了，不称其为图书馆有些浪费，所以不管是客人还是管理员都叫它图书馆。不过我们没有交谈。她在图书馆里低头看书，有时候在本子上书写，我还以为她是图书馆工作人员。

"请问，有没有一个年轻的女孩来这里……"我问。

老妇抬起头，看了看我。我几乎立刻把剩下的话咽了回去。她的脸上有一道倾斜的伤疤，如同一道闪电般醒目。这道疤痕让整张脸都怪异地扭曲了，像是毕加索和达利的混合作品。后来我想了想，她并没有远处看起来那么老，可能最多只有四十多岁，但感觉却像是皱成一团的纸张，或者像是被看得残破的旧书。

她摇了摇头，似乎对我的反应没有感到意外，好像只是觉得我打扰了她的阅读，过了一会儿，她收拾了一下桌子，离开了图书馆。她看的书没有放回去，出于职业习惯，我拿起来翻了翻，是一本日本作家的书。

那名海边的少女，后来我又在远处见过两次。有一次还是在海边，我觉得她在眺望着比远更遥远的地方，又好像是在等什么不太会出现的人，但在模糊的光线里，她的身影比白雾更快地飘散了。第三次我在外面散步，看见她在图书馆窗口的剪影。但我回到旅馆时，图书馆已经空无一人，桌上只摊放着老妇人留下的笔记本。我想这名少女和我一样是旅馆的客人，要么就是员工。

教书先生实际不是旅馆的前台，而是旅馆的管理员。但是因为这家旅馆的客人太少了，所以也用不着什么前台接待员，连打来询问的电话都很少。在我看来，连管理员都是可有可无的存在，只有清洁工每天中午来打扫房间。在旅馆没有什么客人的时候（这几乎是普遍情况），我们会在一起喝下午茶，喝完下午茶再下跳棋。人数太少了，连打牌都凑不齐一桌。如果没有客人，那么旅馆又有什么存在的必要呢？这是我不理解的地方。我是在某个从来没有见过面的朋友那里听说这儿的，他说这是个非常安静的地方。

"不是所有旅馆都是以盈利为目的。有些东西的存在本身就有特殊的必要。比方说这家旅馆，"管理员好像特意解释说，"总有人想远离普通的日常生活，希望体会离群索居的人生，于是他们才来到这家旅馆。"

我又输了一局跳棋，毕竟我刚入住旅馆。

"我想问一个问题，不知道合不合这里的规定。"

"这里没有什么特别的规矩。尽量不要打扰别的客人就行了。你想问什么？"

"住在这个旅馆里的客人，有没有一个年轻的女孩？"

"年轻的女孩？"管理员像是思考棋路一样皱起眉头。

"很好看的女孩，"我有点局促，"我也只是离得很远看见的，所以看得不是很清楚。但她非常好看，好看得让人无话可说，没有办法形容地好看。"

管理员出乎意料地松开了眉头，甚至露出了微笑，好像我提到了一个很熟悉的朋友。

"我知道你说的是谁了。"他说，"你说的一定是娜娜。"

"娜娜？"这是我第一次知道她的名字，"那她也是这里的客人？"

"她既是这里的客人，也不是这里的客人。"管理员说，"就和薛定谔的猫一样。薛定谔的猫式的客人。我也只能告诉你她的名字，她叫娜娜。至于其他的，我既知道的不多，也无法告诉你。因为一旦告诉了你，那就会打扰到别的客人，那就违反了旅馆的规则。"

我有点失望，而且棋局形势不妙。

"不过别的客人的情况，我倒是可以告诉你。"他好心提示。

我想了想，这里好像也没有什么别的客人了，除了那位在图书馆看书的老妇人。

"那位老太太，怎么一个人住在这里？"我说，"她好像很爱读书的样子。"

"她当然很爱读书，"管理员说，"她自己就是个作家。"

"真的么？你怎么知道？"

"因为我是她的读者。和你一样，我年轻时做过一段时间的编辑。"管理员说，"她很年轻的时候就出名了。我现在还能想起第一次见到她的情景，她年轻的时候美得让人无话可说。"

我很难把我见过的老妇人，和管理员的形容联系在一起。

"她脸上的伤疤是怎么回事？"

"那是后来的事……你要喝茶吗？"

和我下完这盘棋，管理员泡了一壶普洱茶，给我和自己各倒了一杯，接着开始说以前的事。

"我第一次见到她是在大学的图书馆里，傍晚的阳光从图书馆灰色的窗户照进来，笼罩在她身上，好像一瞬间照亮了整个世界。她那时还在大学读书，刚刚出版第一本小说。仅仅一本小说，她就成为文学界的宠儿。她的小说有点像是萨冈的早期作品，是无法掩饰的青春，文字带着少女式的清晰明快，但是又不显得轻薄。我还在一家青春文艺杂志当实习编辑。我的第一篇专访稿和小说评析写的就是她。我问了她一个问题。你为什么要写小说呢？这个问题很蠢，但是我又必须问。这是所有作家都遇到过的问题。你为什么写小说？

"'它好像一直等在不算很远的地方，等着我过去找到它。这是我能感受到的最具体的人生意义。我想有一天，我会写出一部特别的作品，它会代替我留下来。'她说。

"这是一个让人难以理解的回答。至少对我来说，因为我只是个编辑，不是作家。

"当然她是我遇到的最漂亮的写作者。这点只要见过她的真人就可以知道，她的漂亮在文学界无人不知。几乎每个发表她小说的文学杂志，在作者名字旁边都要附加一张照片。出版商在她出版的作品夹页里，会赠送印有她形象的明信片或书签。电视节目也像找到了新鲜的素材一样拼命请她出镜。毕竟长相好看的女孩并不多见，尤其是对作家来说。以前也有女性作家被称为美女作家，但和她一比较，读者立刻发现自己被糊弄了很多年。她的粉丝说她是千年一遇的美少女。我想，有可能吧。很有可能。一定是的。

"两到三年的时间里，她几乎出现在所有能见到的时尚杂志上。小说一再脱销，来不及加印。几乎一鼓作气登上了作家排行榜的榜首。她有庞大的粉丝团和读者俱乐部，这些都由经纪人和出版商在帮忙经营着。他们也在规划她的写作生涯。不要改变你的创作风格，你要写同样类型的作品，青春的，文艺的，爱情的，美丽的。你要写你自己。

"说起来很奇怪，我只是一个初出茅庐的文学编辑，算不上专业的评论家，但是她却会寄给我她出版的新书。可是她不知道我早就去书店买来了。我翻开扉页，看见上面她秀气又奇怪的字迹，像是问候一样的一两句话，想到这是她写给我的，我每次都有些感动。这些年我差不多也认识了一些大作家，认识的越多，对他们的作品越少了崇敬之心。再大牌的作家也和我们这些人并无不同，我也不觉得他们的作品有多么了不起。我只是个普通读者和研究小说的人，但这不妨碍我对小说的价值有自己的评判标准。不管是文学界还是出版界，知名作家和出版人以及评论家都占有话语权和绝对资源。一般读者几乎很难听到负面言论，媒体也一早被收买。这些作品不过是文学流水线上生产的作品之一。

"我当然非常喜欢她的小说，因为是她写了这些小说，也因为这些作品里有让我心动的东西。我说不好那是什么。有时候无名的雕刻匠也会雕刻出具有大师气质的作品，我想这和专注、执着、忘我有关。在某个瞬间，他燃烧了自己的生命，才让雕像有了自己的生命力。她的小说里有类似的东西，可是随着她的名气越来越大，书的销量越来越高，她的新书里这些让人动心的地方却似乎减少了。她好像只是重复了过去的自己，又好像是被什么限制住了。我想了很久，还是把这些感觉写了下来，写成了一篇关于她小说的文学批评，发表在了一个几乎没有人阅读的文艺期刊上。

"后来我才知道她非常生气。我也没有想到她会这么生气，据说她直接把一台笔记本电脑从窗口扔了出去。连带着出版进度也连累到了，她从出版社撤回了已经完成的书稿。连累出版社进度什么的我虽然心有愧疚，但也没有愧疚到懊悔的程度。我担心的是像她这样自尊心极强的人，不能忍受任何形式的批评。我在写那篇文章之前就应该清楚这一点，可是我为什么还要写呢？我自己现在都不明白当时自己是怎么想的。

"沮丧，不安和胆怯。这些情绪纠缠了我很多天。我昏昏沉沉地坐在办公桌前，随手打开那篇评论的文档，试图找到一句能得到宽恕的理由。然后杂志社的前台接待打来电话，告诉我有人在休息室等我。不知道是不是我的错觉，她看起来比之前长高了些。她给人的感觉要比实际上更高挑一些。'以后不给你寄书了，'她说，'看起来你不喜欢我的作品。'我困窘极了，期期艾艾说不出话来。

"'我有点累了。'她别过头，说，'我本来以为写小说只是一件单纯的事，我只要写就可以了。可是从什么时候开始，开始厌倦了呢？从小我就喜欢读书，我住的楼下有一家书店，我经常待在书店里读一整天的书，直到妈妈过来找我。但是现在我连书都不愿意去读了。那些故事好像黯淡了下去。'

"她指了指自己的脑袋，晃了晃头发。

"'就好像睡着了，不习惯外面的世界了。家里没有电视机，看电影也谈不上多少兴趣，那些电影情节，在我眼里都会变成一行行的文字。像我这样的人，就该死在一个故事里。不，是写小说的时候死掉，我这么觉得。可是我的小说到底出了什么问题呢？'

"'你的作品非常畅销。'我说，'大多数作家一辈子都没有办法做到像你这样受欢迎。'

"'受欢迎不代表什么。既不代表作品的质量，也不代表有更多的人理解你。图书排行榜只代表销售量，代表你得到的版税越来越多。说到底那是个数字，数字本身是没有意义的。'

"'大多数作家追求的不就是这个吗？作家就是靠写作来赚钱的，高版税本身是对作家写作的认可，是一种具体的奖励。销售量代表你的读者的数量，非常多的读者在阅读你，他们在阅读你写的小说。'

"'那只是一开始。当这种奖励到了一定程度上，就没什么意思了。就跟亿万富翁不在乎再多挣一千万。或者就像一个穷姑娘得到了一个宝藏，她就不在乎钱了，她更想要爱情。'

"'人都是这样的。在乎的是没有拥有的东西，当先有了爱情，就会更想要钱。'我说，'如果你现在只是个默默无闻的作者，你就会希望自己的作品登上排行榜，希望自己每一部出版的作品都会大卖。这几乎是每个作家梦寐以求的事情。'

"'可是我已经有了，所以我可以不在乎。'她说，'我一直就没在乎过，这些东西是自己跑来找我的，知名度也好，畅销也好。'

"'那你在乎什么？你想得文学奖吗？'

"'那东西我们都清楚。那根本就是个游戏，不过是势力权衡和利益分配的产物，从公平程度来说，还不如看销量。'

"'但那始终是认可和证明的方式。'我说，'而且是有公信力的方式。如果你得了诺贝尔文学奖，几乎可以让一切质疑你的人住嘴。'

"'但是不能让我停止质疑。我既质疑他们，也质疑我自己。'

"我有点糊涂了，不明白她到底怎么了。她不像是来跟我兴师问罪的，倒像是一个刚进大学的女孩，试图找到辅导员交流内心的想法。我想她是在写作上遇到了一些困难。作家都会遇到瓶颈。可能她现在就在瓶颈期，但我没什么可以帮助她的办法。我挑几本我觉得会有用的书寄给了她，其中就有斯蒂芬·金谈写作的自传。作为一个恐怖小说作家，斯蒂芬·金始终在怀疑自己的写作，并且一度酗酒成瘾，还遭遇过车祸。不知道她是否看过这本书。她收到后也没有给我什么回音。可能她并不喜欢恐怖小说。

"她的个人生活一直是时尚杂志和文艺八卦圈热衷的谈资，尽管她在这方面的新闻不多。她以前的男友好像是大学同学，毕业不久就分手了。在她成名后，和一个出版商约会过一段时间。那个出版商后来和一个演艺界的明星结婚了。后来她就越发低调了起来。在我们见面后半年多一点后，她的新书出版了，写作风格一改之前的青春气息，整体色调显得阴郁冷僻。题材也不再是文艺爱情，而是写一个精神病患者的人生。这本书引起了巨大的争议，虽然比起她以前的作品，销量下降了很多，但印量比起一般作家还是个天文数字。有评论家说这是青春作家转型的通病，有人觉得是她江郎才尽，已经写光了之前作品的题材。外界的普遍看法是这是一部失败的作品，作为文艺小说难以卒读，作为先锋小说又没什么先锋性。本来没有什么价值的试验之作，只是由于作家的名气，所以才带动了销量。

"我没有收到这本新书的快递，就去书店里买了一本，这本书不是很好读，我用了两周时间才断断续续读完了。当时是夏天，可是读完以后整个人却似乎身处满是寒冰的停尸房。这种感觉越到后面就越是强烈，但这需要读者能够去掉成见全身心沉浸到它的语言中才能感到。我想那些评论家并没有读进这个故事。他们仍然是带着读一本情节简单的青春小说的心情，轻松惬意地打开书本，被迎面而来的冷硬扇了一个耳光。可能大部分读者都是这个感觉。所以它很难受到欢迎。

"她接下来的一本书维持了这个风格。评论家变得不客气起来，几乎是恶评如潮。有时候我好像看见一个倔强的小女孩的身影，势单力薄地面对着巨大而怪异的风车。她没有辩解，也不就自己风格的改变接受采访。只有那次在文艺人生节目里亮相。她作为节目的主角，对面有几个嘉宾，分别是文学评论家，读者代表，作家同行和大学教授。节目从一开始就呈现围攻的态势。所有人都在对她的新作发表意见，有时又互相争论，觉得自己的看法才是最正确的。

没怎么讨论，已经得出了结论，她的写作走上了错误的方向，作品既失败又无趣，对这个社会没有任何帮助，也没有反映出时代的特点，只是作者一个人在那里自我赏玩，就和一个丑女人对着镜子卖弄姿色一样让人反感。

"她很少说话，也没怎么辩解，只是睁大眼睛望着对面的那些人。她的眼神看起来很疲惫，却又像燃烧了暗火一样明亮。她好像没有怎么生气，也许根本就对这些人的意见无动于衷。她的姿态彻底激怒了对手们。其中一个人说：'这样的作品还有人买，大家都想不通。这对其他作家，尤其是对那些真正认真地写小说的人来说是个不幸。'

"'我的写作是认真的。'她说。

"'你小说的畅销和作品本身没多大关系。你看，就算你写出了这两本谁都不愿意读的小说，还是有人会买你的书。因为你是美女作家么。人们对美女作家写什么东西并不挑剔，我们都懂的。因为你长得好看。'对方不无尖刻地说，'因为你是美少女作家。'

"她盯着对方看了一会儿，摇了摇头。她的眼睛里第一次露出嘲弄的神色，带着无比的轻蔑。她抬起右手，手里拿着一把银色的小匕首，那是节目作为纪念品送给每个嘉宾的毛边书裁纸刀。她举起裁书刀往脸上一划。

"'现在我不是了。'她说。

"演播厅里鸦雀无声。透过屏幕，似乎能听见血滴落到地上的声音。直播的节目被掐断了。我是后来在网上看到的画面，这段视频成了那些天网络点击率最高的视频。报纸杂志也进行了大篇幅的报道，这样爆炸性的新闻立刻成了娱乐头条。大多数的报道里都认为是她因为新作失败导致精神崩溃，也有人觉得这可能是她在感情上遭遇了问题。总之这成为作家都不正常的又一例证，以至于人们觉得这才是正常的作家。

"她在医院疗养期间，我去看望了她。除了亲人外，她谢绝了差不多所有人的探视，连出版社的编辑都拒之门外。护士允许我进去的时候，我觉得很意外。她穿着大了一号的病号服，屈膝坐在床上看一本外国小说，好像是日本作家的作品。半边脸都缠着绷带，伤口还没有消肿，把左眼都挤斜了。她整个人看起来很有些可怜，然而情绪上倒一如既往地冷静。我问她是不是还好。

"'毁容了呗。'她说，'本来不想被人看见这副样子，可是想了想，以后大家看见的我就是这个样子了，也没必要掩掩藏藏的。'

"'应该不会留下什么疤痕吧？'我说。她回答说就算留下伤疤也没什么关系。

"'……我在网上看了那个访谈节目。'我沉默了一会儿，'你没必要和那些人较真。他们和大多数人没什么区别，只是在消费你而已。'

"'我并不是因为他们，也不是受了什么刺激。'她说，'也许当时的确有点冲动。可是我觉得我这样做也没什么不好。我可没有自虐。冷静想了想，我一直在浪费时间。'

"'浪费时间？'

"'从小我就被当成是一个漂亮的小姑娘，我父母不用说了，周围人也是同样这么觉得。久而久之，我也觉得自己长得很好看。我从来就知道自己有个好皮囊，所以会花很多时间在维护这份好看。任何美丽都需要投入很多精力和时间的，表面上的，和私下的。你看见的很简单的好看，可能是我花了几个小时精心表现出来的。每天早上起来，我就要花很长时间来打扮自己，有时候比读书的时间都要多。对着镜子里的自己，我会油然产生出一种满足感，为自己这么漂亮而得意。但是我没有意识到，正是我的容貌让我分心了。我对自己的自恋，让这个我，只能写出自恋的文字和自恋的故事。'

"'作家大多是自我意识特别强烈的人。我从一个读者角度来看，觉得你并没有你说的那么自恋。'其实我还想说，就算你自恋也不会让人反感，因为是你。

"'那是因为我花了很多工夫把它藏起来，或者改掉了。'她不以为意地笑了一下，'你觉得我好看么？你喜欢我的小说？你是因为我好看才喜欢我的小说吗？'

"我迟疑了一下说：'作者和作品之间的关系并不是对立的。有的作品是因为写作者而增加了魅力。'

"'它确实给我带来了很多好处。包括大量的读者。在这个时代，作家更像是娱乐明星。'她说，'但是它也给我带来了很多麻烦。'

"我听说过一些传闻。包括热切的追求者，以及那些不良书商，爱慕风雅的官员的骚扰。经常有人点名要她一起出席什么酒局宴会。而且出版的书又被冠上了美女作家的头衔，读者们关注她的礼服照片，多过关注她的小说。我想她说的是这个。

"'现在我不漂亮了，其实一点都谈不上难过，也许应该说，我不再操心自己漂不漂亮这个问题了。我感到了从未有过的轻松和自由。以前我一直有严重的失眠，但是自从住院以后，一直都睡得很踏实。'她说，'我现在能够全神贯注地阅读了，每天都能读上六七个小时，都是以前买来堆在书房里，以为自己再也不会去碰一下的文学书。我感觉某些最初的东西又回到了我的生活里，所以我很高兴。而且，我想明白了一个道理。'

"'关于写作？'

"'从写第一篇小说开始，我就在思考，到底要怎样才能完成一部完美的作品？时间？情节？人物？素材？生活经历？灵感？到底什么才是最需要的？对我来说，写作是兴趣，但是光有热情不足以让你写出好的作品来。我逐渐发现写作其实是我的信仰。在我一无所有时，在我被打垮的时候，在我感到无比孤独的时候，在我痛苦的时候，只有写作陪伴我。所以我信仰写作。现在我明白了，它需要献祭。'

"她肿胀的眼眶里，眼睛却在发亮，我问她有没有朋友过来陪伴。

"'我已经一个人很长时间了。这没什么。我没有遇到能够理解我的人。准确地说是能够理解我写作的人。我不想再随便找个伴，

不然我觉得很孤单，就和一个人生活没什么区别。'

"我不知道该说什么。房间里静默了一会儿。然后我问她在看谁的书。

"'田中慎弥，一个不太有名的日本作家。'她说，'你可以回去了。我想继续看书。还有，你不要再来了。'

"我想她只是不希望别人来打扰，所以没有再去看望她。过了些日子，关于美女作家自残毁容的消息也慢慢没有人再关注。人们的注意力总是会被更新鲜、更刺激的新闻所吸引。

"她还是在写作，借助于自残新闻的推波助澜，她的新书销量可观，但是接下来的一本书遭受了空前的失败，据说有一半的首印被退回到了出版社的仓库。出版商以此为由拖延了该支付的版税。她提出了解约，双方的合作就中止了。她的出版商认为，在出版这一块儿，她算是毁了，以前为她做出的一切努力都白费了工夫，她已经不知道自己在写什么。她的书渐渐都在书店里下架了，有相当长的一段时间里没有再出版作品。市场遗忘一个人的速度让人觉得齿冷。谁都没有想到，她的坠落和她的成名一样迅疾，像是乘坐过山车往下飞驰。如果说她成名得过于轻易，那现在，她几乎是把所有作家都经历过的坎坷的道路又重走了一遍。

"之后我有好多年没有见到她。我只是断断续续地在文学杂志上看到她的小说。有一年，她一连发了几个短篇在几个文学杂志里，也入选过年度文学作品选集。但这些都是短篇，虽然很有文学上的意义，但离大众传播的畅销读本相距甚远。接下来的几年里，她持续着这样的写作。她的一个中篇获得了国内的文学新人奖，一个短篇被翻译成英语和德语，获得了国外的一些好评。

"但这些都像是安慰奖一样，就仿佛老师们知道一个学生在努力地用功，可是又很笨，除了刻苦以外别无所长，所以要颁发一个奖状来鼓励他。我想起写《情人》的杜拉斯，有人问龚古尔文学奖评委为什么颁奖给杜拉斯。评委回答说，她写了很多年，她现在这么老了，她很可怜。

"所有人都认为她这辈子被小说毁了。她很少露面，就连获奖也是让人代领。她毁容后一直就是这样，过着近乎隐居的生活。我在某篇报道中看到她的近照，她的脸廓变圆了些，身形显得臃肿了，我差点没有认出来。她不再是过去那个轻盈的少女了。她彻底地把美女作者的头衔摘掉了，已经没有人记得她过去的模样。她没有掩饰那道刀疤，而只有这道刀疤让我想起来，那个让人透不过气来的，美如刀锋的形象。

"后来我结婚的时候，给她寄过一封信。我想恭喜她拥有了自己的语言。她没有回信。我的妻子年轻时也喜欢写作，有些像年轻时的她。我们约会了一段时间就结婚了，结婚以后她就不再写小说。我换过几份工作，也在学校里教过一段时间的书。我把一些被人遗忘的作家的作品，带到课堂上，让我的学生们阅读和分享，犹如把童年时的玩具从箱子里翻出，送给喜欢玩具的孩子们。我也把她的书带给了学生们。他们没有一个人看过她的作品。其实不只是他们，我也很久没有读小说了。这让我觉得，我和她一样，已经被过去所遗弃了。当我意识到自己这一点时，我抛开了一切，或者说一切都抛开了我。我来到了这家旅馆。在这么多年过去以后，我在这里，又遇见了她。

"她的样子已经和过去完全不一样，她不再是那个好看的女孩，她变老了，皮肤上都是皱纹，头发也干枯了。"管理员说，"当然我也不再是过去那个我。"

"我在想，有没有另外一种可能性。"我说，"既然你已经这么了解她了，你们认识多年，又互相都有好感，当时如果你们能够在一起的话，一切都会有所不同。"

"你还没有理解。对于她来说，我是她小说的读者。对于我来说，她是我喜爱的作家。这一点即便过了这么多年，也没有任何改变。现在我是这家旅馆的管理员，而她是这里的客人。"

我和管理员又下了一盘跳棋。这次我先跳完了格子。这是我第一次获胜。后来我们又陆续下了很多盘，但是从这一刻起，从他说完了他们的故事之后，他再也没能赢过我一次。

"她为什么住在这家旅馆呢？"我问。

"她在这里写一本书。"管理员说，"一本她写了很久的书。这么多年她一直在写它。"

我寻找的女孩或许已经离开了旅馆，如同管理员说的，她既在这里，也不在这里。我想她已经不在这里。不管我去了多少次海边，不管我注视多少次夜晚漆黑的窗口，她都没有再出现过。

甚至连脸上有一道疤痕的作家，也不再在图书馆出现。我开始阅读小说，阅读那些没有人读的书籍，空闲下来时，我像馆员一样整理了图书馆所有的藏书，擦去书脊上的灰尘，将所有作家的作品分别归类，让它们继续沉睡在无人问津的书架上。我花了很多工夫做这些事。可是我没有找到她写的任何一本书，至少不在这间图书馆里。

我读了田中慎弥的短篇集。这位日本作家的人生看起来有点像个悲惨的笑话。这位作家是日本山口县下关人，幼年丧父，高考失败后开始写小说，没有参加过任何工作，全靠他的妈妈供养，四次入围后终于在三十九岁那年获得芥川奖，获奖后有句名言："给你们个面子，这个奖我就拿下了。"他的写作非常刻苦，每天上午两小时，下午四小时，没有节假日，没有休息。写作之外也没什么业余爱好，最多去看一场电影。也没什么感情经历，单身，无欲无求，简直和苦行僧没两样。他说过这么一段话：

"小说不过是镜花水月，没有想到的是，我却会为它倾尽生命。倾尽生命而汲取的养分，又将延续我的生命。它既是倾尽生命的结果，亦是燃烧生命的过程。"

这一天，我正在图书馆里时，作家女士走了进来。我看见她脸上的伤疤，那道伤疤像是在严肃地嘲笑着什么。她看起来很瘦，又有点神经质，说话很轻，有时候词不达意，这是离群索居的人才有的特点。我低下眼睛，尽量不去注意她脸上的皱纹，不健康的肤色，还有苍老的眼神。我甚至没有去注意她的穿着，只记得她擦了口红，像是黑白片里唯一的颜色。

"我一直在写一部作品，写了很多年，刚刚写完。"她说，"如果你有时间，我想请你读一下，可以吗？"

"当然可以，可是为什么你愿意给我看？"

"我找不到其他的人愿意读他。"

她从手提袋里取出厚厚一沓稿纸，是打印稿，熟悉的五号宋体字。我没有办法推辞，只能接过来，打算看两页再说。但是看了第一章以后，我就坐在那里读了起来，然后就读了很久，可能是整个晚上，也可能是许多个晚上。

我无法复述它的内容，就像人无法直视真正美丽的事物。美是一种巨大的东西，它只是沉默地存在于那里，将一切都碾压得粉身碎骨。在我第一次见到她的时候，我就应该意识到了。她的名字印在了第一页上，两个很小的字。娜娜。

读到最后一行，我才抬起头。这些优美的文字仿佛获得了生命，从书稿里浮现了出来，它们组成言语，词句，场景，变成了流光溢彩的片段，它们是一段段不可磨灭的时间，它们是故事。无以计数的光点都飞旋了起来，像是返回本源那样向她扑了过去。包裹住了衰老，臃肿，丑陋的身体，把所有失去的，所有损耗的，所有的伤害的都交还了，让一切恢复了本来的样子。我终于看见了她，就像我第一次看见她时那样。我眼前的少女对我微微一笑，仿佛整个世界都被照亮了。

　　"我读完了。"我说，"我喜欢你的小说。"